우리가 정말 알아야 할 우리 고전

조웅전

'우리가 정말 알아야 할 우리 고전' 기획 위원

고운기 | 한양대학교 국문학과와 연세대학교 대학원을 졸업했다.
　　　　현재 한양대학교 문화콘텐츠학과 교수이다.
김성재 | 숙명여자대학교 국문학과를 졸업하고 같은 대학원을 수료했다.
　　　　고전을 현대로 옮기는 일에 관심을 갖고 꾸준히 작업하고 있다.
김　영 | 연세대학교 국어국문학과와 같은 대학원을 졸업했다.
　　　　현재 인하대학교 국어교육과 교수이다.
김현양 | 연세대학교 국어국문학과와 같은 대학원을 졸업했다.
　　　　현재 명지대학교 방목기초교육대학 교수이다.

우리가 정말 알아야 할 우리 고전
조웅전

초판 1쇄 발행 | 2004년 5월 20일
초판 8쇄 발행 | 2016년 3월 30일

글 | 김현양
그림 | 김광배
펴낸이 | 조미현

펴낸곳 | (주)현암사
등록 | 1951년 12월 24일 · 제10-126호
주소 | 04029 서울 마포구 동교로12안길 35
전화번호 | 365-5051 · 팩스 | 313-2729
전자우편 | editor@hyeonamsa.com
홈페이지 | www.hyeonamsa.com

글 ⓒ 김현양 2004
그림 ⓒ 김광배 2004

ISBN 978-89-323-1219-4 03810

우리가 정말 알아야 할 우리 고전

조 웅 전

글 = 김현양   그림 = 김광배

ㅎ현암사

우리 고전 읽기의 즐거움

문학 작품은 사회와 삶과 가치관을 총체적으로 담고 있는 문화의 창고이다. 때로는 이야기로, 때로는 노래로, 혹은 다른 형식으로 갖가지 삶의 모습과 다양한 가치를 전해 주며, 읽는 이에게 기쁨과 위안을 주는 것이 문학의 힘이다.

고전 문학 작품은 우선 시기적으로 오래된 작품을 말한다. 그러므로 낡은 이야기일 수 있다. 그러나 그 속에 담긴 가치와 의미는 결코 낡은 것이 아니다. 시대가 바뀌고 독자가 달라져도 고전이라는 이름으로 여전히 많은 사람에게 읽히는 작품 속에는 인간 삶의 본질을 꿰뚫는 근본적인 가치가 담겨 있다. 그것은 시대에 따라 퇴색되거나 민족이 다르다고 하여 외면될 수 있는 일시적이고 지역적인 것이 아니다. 시대와 민족의 벽을 넘어 사람이면 누구나 공감할 수 있는 보편적이고 세계적인 것이다. 그렇기 때문에 우리가 톨스토이나 셰익스피어 작품에서 감동을 느끼고, 심청전을 각색한 오페라가 미국 무대에서 갈채를 받을 수도 있다.

우리 고전은 당연히 우리 민족이 살아온 삶의 궤적을 담고 있다. 그 속에 우리의 지난 역사가 있고 생활이 있고 문화와 가치관이 있다. 타인에게 관대하고 자신에게 엄격한 공동체 의식, 선비 문화 속에 녹아 있던 자연 친화 의식, 강자에게 비굴하지 않고 고난에 굴복하지 않는 당당하고 끈질긴 생명력, 고달픈 삶을 해학으로 풀어내며 서러운 약자에게는 아름다운 결말을 만들어 주는 넉넉함…….

사람과 사람, 사람과 자연의 '어울림'을 중요하게 생각했던 우리의 가치관은 생활 속에 그대로 녹아서 문학 작품에 표현되었다. 우리 고전 문학 작품에는 역사가 기록하지 않은 서민의 일상이 사실적으로 전개되며 우리의 토속 문화와 생활, 언어, 습속이 구체적으로 드러난다. 작품 속 인물들이 사는 방식, 그들이 구사하는 말, 그들의 생활 도구와 의식주 그 모든 것이 우리의 피 속에 지금도 녹아 흐르고 있음이 분명하지만 우리 의식에서는 이미 잊힌 것들이다.

　그것은 분명 우리 것이되 우리에게 낯설다. 고전을 읽음으로써 우리는 일상에서 벗어나 그 낯선 세계를 체험하는 기쁨을 얻게 된다. 몰랐던 것을 새롭게 아는 것이 아니라 잊었던 것을 되찾는 신선함이다. 처음 가는 장소에서 언젠가 본 듯한 느낌을 받을 때의 그 어리둥절한 생소함, 바로 그 신선한 충동을 우리 고전 작품은 우리에게 안겨 준다. 거기에는 일상을 벗어났으되 나의 뿌리를 이탈하지 않았다는 안도감까지 함께 있다. 그것은 남의 나라 고전이 아닌 우리 고전에서만 받을 수 있는 선물이다.

　우리 고전을 읽어야 한다는 데는 이미 많은 사람이 공감한다. 고전 읽기를 통해서 내가 한국인임을 자각하고, 한국인이 어떻게 살아 왔으며, 어떻게 살아가야 할지 알게 하는 문화의 힘을 느낄 수 있다.

　하지만 고전은 지난 시대의 언어로 쓰인 까닭에 지금 으리가, 우리의 청소년이 읽으려면 지금의 언어로 고쳐 쓰는 작업이 반드시 선행되어야 한다.

우리가 쉽게 접하는 세계의 고전 작품도 그 나라 사람들이 시대마다 새롭게 고쳐 쓰는 작업을 거듭한 결과물이다. 우리는 그런 작업에서 많이 늦은 것이 사실이다. 이제라도 우리 고전을 새롭게 고쳐 쓰는 작업을 할 수 있는 것은 우리의 문화 역량이 여기에 이르렀다는 반증이다.

현재 우리가 겪는 수많은 갈등과 문제를 극복할 해결의 실마리를 고전 속에서 찾을 수 있다고 확신하면서 우리 고전을 지금의 언어로 고쳐 쓰는 작업을 시작한다. 이 작업은 여기에서 멈추지 않고 앞으로도 시대에 맞추어 꾸준히 계속될 것이다. 또 고전을 읽는 데서 끝나지 않을 것이다. 우리 고전은 우리의 독자적 상상력의 원천으로서, 요즘 시대의 화두가 된 '문화 콘텐츠'의 발판이 되어 새로운 형식, 새로운 작품으로 끝없이 재생산되리라고 믿는다.

'우리가 정말 알아야 할 우리 고전'을 기획하면서 우리는 다음과 같은 몇 가지 원칙을 세웠다.

먼저 작품 선정에서 한글·한문 작품을 가리지 않고, 초·중·고 교과서에 수록된 작품을 우선하되 새롭게 발굴한 것, 지금의 우리에게도 의미 있고 재미있는 작품을 포함시키기로 하였다.

그와 함께 각 작품의 전공 학자들이 적극적으로 참여하여 판본 선정과 내용 고증에 최대한 정성을 쏟았다. 아울러 원전의 내용과 언어 감각을 훼손

하지 않으면서도 글맛을 살리기 위해 윤문 과정을 여러 차례 거쳤다.

　마지막으로 시각 효과를 높이기 위해 내용에 맞는 그림을 곁들였다. 그림만으로도 전체 작품의 흐름을 알 수 있도록 화가와 필자가 협의하여 그림 내용을 구성했으며, 색다른 그림 구성을 위해 순수 화가를 영입하였다.

　경험은 지혜로운 스승이다. 지난 시간 속에는 수많은 경험이 농축된 거대한 지혜의 바다가 출렁이고 있다. 고전은 그 바다에 떠 있는 배라고 할 수 있다.

　자, 이제 고전이라는 배를 타고 시간 여행을 떠나 보자. 우리의 여행은 과거에서 출발하여 앞으로 미래로 쉼 없이 흘러갈 것이며, 더 넓은 세계에서 더 많은 사람을 만나며 끝없이 또 다른 영역을 개척해 갈 것이다.

2004년 1월

기획 위원

글 읽는 순서

이두병의 반역

중국 송宋나라 황제인 문제께서 임금이 된 지 23년이 되던 때였다. 시절이 태평하여 나라에 큰일이 없고, 백성도 편안하여 태평성대를 즐겨 노래했다. 이듬해 가을 문제께서는 좌승상 조정인의 사당*인 충렬묘忠烈廟에 나가셨다.

조정인은 만고萬古의 충신이라. 그가 이부상서 벼슬할 띠는 황제가 임금의 자리에 오른 지 10년이 되던 해였다. 그런데 남쪽에서 반란이 일어나 나라가 매우 위태로웠으나 구할 방법이 없었다. 이에 조정인은 송나라 황실의 옥새*를 가지고 문제와 피난을 떠났다.

경화문을 나와 무봉 고개를 넘어 광임교에 이르니, 성 안팎으로 울음소리가 진동했다. 남녀노소 가릴 것 없이 구르고 넘어지며 도망하는데, 피란 가는 사람이 온 산을 덮을 듯했다. 조승상도 문제를 모시고 급히 달아나 뇌성관까지 일백오십 리를 가서 자고, 이튿날도 계속 길을 나아갔다.

반란 중에 문제를 모시고 사방으로 두루 찾아가 구원병을 얻어 석 달 만에 난리를 평정하고 나라를 구했으니, 조승상의 충성은 해와 달같이 빛났다. 문제께서는 조승상을 정평왕에 봉封하셨으나, 그는 사양하며 굳이 받지 않았다. 문제께서는 마지못하여 그를 금자광록대부 겸 좌승상에, 부인 왕씨

---

* 사당(祠堂) ｜ 조상의 위패를 모셔 놓은 집. 위패는 조상의 이름을 적은 나무패를 말한다.
* 옥새(玉璽) ｜ 나라 문서에 찍는 옥으로 만든 도장. 나라의 상징물로서 이를 빼앗기면 나라를 잃는 것으로 생각했다.

는 공렬 부인에 봉하셨다.

병란이 진정된 후 그럭저럭 세월이 흘렀다. 그러나 높이 나는 새를 잡은 뒤에는 좋은 활도 활집에 넣어 두고, 날랜 토끼를 잡은 뒤에는 사냥개도 삶아 먹는 법이라. 이럴 즈음에 간신인 우승상 이두병이 조승상을 시기하여 황제에게 거짓 죄를 아뢰자, 조승상은 독약을 마시고 자살했다. 문제께서는 가슴 아파하시며 글을 지어 애도하시고, 충렬묘를 세워 그곳에 화상*을 넣어 두고 가시곤 했다. 이 날도 충렬묘에 가시어 화상을 보시고는 옛일을 생각하며 슬픔에 잠기셨던 것이다.

황제께서 슬퍼하시는 모습을 보자 이두병의 아들인 병부시랑 이관이 땅에 엎드려 아뢰었다.

"폐하를 모시는 신하 중에 어찌 조정인만한 신하가 없겠사옵니까? 신하된 도리에 폐하의 얼굴을 슬픔으로 가득 차게 하니 조정인의 묘를 어찌 충렬묘라 하겠사옵니까? 앞으로는 이곳에 납시지 마시고 충렬묘를 헐어 버리소서."

그러나 황제께서는 이관의 청을 허락하지 아니하시고 오히려 이관에게 벌을 주라 명령하셨다. 하루 종일 충렬묘에 머무르시다가, 해가 져서야 궁궐로 돌아가셨다.

"짐은 아들이 있다 들었다. 속히 데려와 짐의 답답하고 상심한 마음을 덜게 하라."

또 조승상 부인의 품계*를 높여 정렬 부인에 봉하셨으며 많은 금과 은을

* 화상(畫像) | 사람의 얼굴을 그림으로 그린 형상.
* 품계(品階) | 여러 벼슬자리에 대해 매기는 등급.

상으로 내리셨다.

조승상의 부인인 왕부인은 잉태한 지 일곱 달 만에 승상을 저 세상으로 떠나보냈으나, 열 달을 채워 아들을 낳았다. 왕부인은 아이의 모습이 어찌나 활달하고 특별하던지 이름을 웅이라 했다.

왕부인은 8년이 지나도록 소복을 벗지 않고 아들 웅을 의지하며 세월을 보냈는데, 이 날 황제께서 충렬묘에 거동하셨다는 소식을 듣고는 더욱 슬퍼했다. 황제의 명령을 받은 관원이 와서 정렬 부인의 품직品職과 함께 상으로 내리신 금은을 드리니, 부인이 황공하여 계단 아래로 내려와 몸을 굽혀 절하여 받고 다시 궁궐을 향하여 네 번 절했다. 그러고는 관원을 바깥채로 인도하여 앉히고는 황제의 은덕에 감사했다. 또한 조웅을 불러들이라는 분부를 전해 듣고는 더욱 황공해하며 웅을 황궁으로 보냈다.

조웅은 비록 일곱 살이나 얼굴이 매우 아름다웠으며, 예의를 갖춰 궁궐에 드나드는 모습도 어른보다 더 나은 듯했다. 웅이 관원을 따라 옥계단 아래에 이르러 몸을 굽혀 절하니, 황제께서 오래도록 보시다가 크게 칭찬하셨다.

"충신의 아들은 충신이요 소인小人의 아들은 소인이로다. 지금 너의 거동이 충효에 조금도 벗어나지 않으니, 어찌 아름답지 아니하리오. 일곱 살이라 하니 태자와 동갑이라 더욱 사랑스럽도다."

이어 태자를 불러 말씀하셨다.

"저 아이는 충신 조정인의 아들이라. 너와 동갑이요 충효를 모두 갖추었으니 후일에 이 나라를 함께 이끌어가라. 짐이 여든을 바라보는 노쇠한 나이에 나랏일을 도울 사람을 얻으니 어찌 즐겁지 아니하리오."

이 말에 웅이 다시 엎드려 아뢰었다.

"명령을 받드는 아랫사람으로서 매우 황공하오나 소신의 나이 아직 어리고 나라의 법이 각별히 엄하오니 어찌 벼슬 없는 여염집 아이가 궐 안에 있겠사옵니까? 나랏일에 몹시 불편을 끼치는 일이옵니다. 나랏일이 지극히 중요하거늘 폐하께서 어린아이와 함께 나랏일을 의논하신다 하오니 어찌 두렵지 아니하오리까? 엎드려 바라옵건대 소신은 물러갔다가 과거에 급제한 뒤에 다시 폐하를 뵐 것이옵니다."

웅이 간절히 청하니 비록 어린아이의 말이나 이치가 당연하고 다시 바라보니 태도 또한 매우 엄숙한지라.

"너의 말이 옳도다. 그리하라."

그러고는 다시 하교下敎하셨다.

"네가 열세 살이 되거든 벼슬을 내릴 것이니 그때에 나랏일을 도우라."

웅이 하교를 듣고 네 번 절하고 물러나와 태자께 하직하니 태자도 못내 아쉬워했다.

황제께서 조정 신하들을 모아 놓고 조웅을 칭찬하시고는 물으셨다.

"신하들 중에 이관은 어디에 있는가?"

"폐하께서 충렬묘에 나가셨을 때 벌을 주라 하셨기에 파직罷職 당해 쉬고 있사옵니다."

우승상 최식이 아뢰자, 황제께서 깨달으시고 마음속으로 한참 생각하시더니 말씀하셨다.

"한때 이관의 말이 경솔하여 벌을 주었으나 이제 용서하라."

이두병은 아들이 다섯인데 모두 벼슬이 높았다. 그리하여 온 조정의 신하가 다 그들의 형세를 두려워했으며, 그들의 말대로 따르는 형편이었다.

이 날 이관은 황제께서 조웅을 사랑하는 모습을 보고는 이를 크게 근심하여 신하들과 조웅을 없앨 계교를 의논했다.

"조웅이 벼슬하면 아버지의 원수 갚을 생각을 할 것이니 어찌 근심거리가 아니리오. 미리 없애는 것이 마땅하나 아직 벼슬도 하지 않은 아이에게 어찌 죄를 주겠는가?"

조웅이 집에 돌아와 어머니 왕부인을 뵈니, 부인이 기뻐하며 물으셨다.

"웅아, 황제 폐하를 뵈었느냐?"

"궁에 들어가 뵈었사옵니다."

"황상皇上을 대면하니 두렵지 아니하였느냐? 마땅히 묻는 말씀이 있었을 것인데 어찌 대답하였느냐?"

웅이 황제와 문답했던 말과 열세 살이 되면 벼슬을 내리겠다던 말씀과 황제께서 태자 사랑하시던 모습을 낱낱이 아뢰자, 왕부인이 기뻐하면서도 한편으로는 슬퍼하였다.

"황상의 넓으신 은덕이 하늘 같고 바다 같으니 어찌 다 갚겠느냐. 그러나 네가 만일 벼슬하면 소인들의 참소*를 입을 것이니 어찌하려 하느냐?"

"어머님은 염려하지 마소서. 사람이 죽고 사는 것은 하늘에 달려 있고, 영광과 욕됨 또한 제 운수에 달렸으니 무엇을 염려하오리까? 또 자식으로서 한 하늘 아래 같이 살아갈 수 없는 원수를 눈앞에 두고 어찌 가만히 있사오리까? 아버지의 원수를 갚으려면 무슨 묘책이 있어야 할 것이니, 엎드려 바라옵건대 어머님은 조금도 염려하지 마소서."

말을 마치고 모자가 서로 통곡하니, 그 가련한 모습이 참혹했다.

* 참소(讒訴) | 남을 헐뜯어 죄가 있는 것처럼 윗사람에게 거짓으로 말함.

병인년 섣달그믐이라. 황제께서 궁전에서 조정 여러 신하의 조회를 받으시고 함께 국사*를 의논하셨다.

"아, 서글프도다! 짐의 나이 이제 여든을 바라보는구나. 세월이 짐의 죽음을 재촉하는데 태자 아직 어리니 국사가 가장 걱정이라. 경들의 생각으로는 어찌해야 짐의 근심을 덜겠는가?"

"흥망성쇠興亡盛衰는 마음대로 못하옵나이다. 하오나 폐하께서 국사를 돌보는 것에 아무런 문제가 없거늘 어찌 태자의 어리심을 근심하시나이까?"

여러 신하가 이같이 아뢰자, 예부상서 정충이 앞으로 나서며 아뢰었다.

"폐하, 어찌 춘추* 많으심과 동궁의 어리심을 근심하시옵니까? 승상 이두병이 있사오니 앞날의 국사는 아무런 근심이 없을 것입니다."

"승상 이두병은 한나라 때의 충신인 소무와 같은 신하이온데, 어찌 국사를 근심하시옵니까?"

조정 신하들이 이두병의 권세가 두려워 한목소리로 아뢰자 황제께서도 그렇게 여기셨다. 그러나 정녕 믿지는 아니하셨다.

이 날 아침에 경화문으로 난데없이 흰 호랑이가 들어와 궁궐 안을 마음대로 다니니, 신하들과 병졸들이 놀라고 겁을 내어 어떻게 할 줄을 몰랐다. 이윽고 흰 호랑이가 궁녀를 물고 후원 담을 뛰어넘어 달아났다. 황제께서 크게 놀라 신하들에게 그 일의 길흉*을 물으셨으나, 아무도 알지 못했다. 이 일로 인해 궁중과 도성都城 안이 매우 시끄러웠다. 황제께서는 이 일을 근심하여 잘 주무시지도, 잘 드시지도 못하셨다.

이에 신하들이 아뢰었다.

"여러 날 동안 북풍이 심하게 불었고, 한 자가 넘는 눈이 산과 들을 덮었사옵니다. 굶주린 호랑이가 의지할 곳 없고 배고픔과 목마름을 견디지 못해 대낮에 수풀인 줄 알고 궁궐로 들어왔던 것입니다. 폐하께서는 어찌 이를 근심하시옵니까?"

황제께서는 이 말을 듣고 마음을 놓으면서도 한편으로는 좋지 않은 변고變故로 여기셨다.

이 같은 변고를 보고 왕부인의 사촌으로 한림 벼슬을 하는 왕렬이 왕부인께 편지를 보냈다. 마침 왕부인은 웅에게 책읽기를 권하면서 나라의 옛일에 대해 이야기하고 있었는데, 계집종이 들어와 편지를 올렸다.

일전에 황제께서 궁전에 앉아 신하들과 국사를 의논하시던 중 경화문으로 난데 없이 흰 호랑이가 들어와 궁녀를 물고 달아났으니 몹시 괴이한 일이옵니다. 황제 께서 근심하시고 조정에서도 좋은 조짐인지 나쁜 조짐인지 가리지 못하고 있사오 니 누님은 이를 알려 주소서.

왕부인은 편지를 다 읽고 크게 놀라 한참 동안 생각하다가 답장을 했다. 그러고는 웅에게 말했다.

"나라에 변고가 일어난 것을 보니 네가 앞으로 벼슬하던 간신들에게 큰 고난을 당할 것이로다. 어찌 이를 면하겠느냐."

웅이 말했다.

"어머님은 그런 염려 마옵소서. 사람의 영광榮光과 치욕恥辱은 마음대로 할 수 있는 것이 아니옵니다. 배꽃과 복숭아꽃이 가득 핀 가운데 계수나무

* 국사(國事) | 나라의 정치에 관한 일로 나랏일이라고도 한다.
* 춘추(春秋) | 어른의 나이를 높여 부르는 말이다.
* 길흉(吉凶) | 운수의 좋고 나쁨을 이르는 말이다.

꽃 한 가지만 피어도 무리에 섞이지 않으니, 배꽃은 배꽃이요 계수나무꽃은 계수나무꽃일 뿐입니다. 소인배가 조정에 가득하온들 내가 백옥처럼 깨끗한데, 죄 없이 모함하겠사옵니까?"

왕부인이 다시 웅에게 일렀다.

"너는 하나만 알고 둘은 모르는구나. 형산*에 불이 나면 돌만 타는 것이 아니라 안타깝게도 옥과 돌이 함께 타는 법이다. 나라가 불행하게 되면 원수들이 너를 죄 없다고 그냥 두겠느냐? 아이의 생각이 저토록 태평하니 어찌 마음을 놓을 수 있으리오."

"사람이 일을 당하여 너무 깊이 근심하면 애가 타고 조급해져 모든 일이 불리하게 되옵니다. 죽을 곳에 떨어져도 살아날 방도가 있다 하였으니, 우리 모자인들 설마 하늘이 무심하겠습니까?"

웅의 말을 듣고서야 왕부인은 아이의 품은 뜻이 활달한 줄 알고 염려를 덜게 되었다.

이때에 왕한림은 왕부인의 답장을 받아 보았다.

"놀랍고 놀랍도다. 머지않아 간신들이 반란을 일으킬 것이다. 너는 부질없이 벼슬을 욕심내지 말고 빨리 관직을 버리고 고향으로 돌아가 있으라."

이에 왕한림이 문득 깨달아 병을 핑계로 조정에 나가지 아니하고 고향으로 돌아갔다.

정묘년 정월 15일이라. 조정의 신하들이 모두 황제께 새해 인사할 때, 황제께서 말씀하셨다.

"지난해에 짐이 조웅을 보니 재주가 뛰어나고 충효가 거룩한지라. 나라에 인재가 될 만하도. 동궁을 위하여 데려다가 짐의 곁에서 글 심부름하는 아이로 삼아 국사를 익히게 하고자 하니 경들의 생각은 어떠한가?"

신하들이 다 말을 못하는데, 이두병이 황제께 아뢰었다.

"나라의 법이 각별히 엄하오니 벼슬 없는 여염집 아이를 이유 없이 조정에 두는 것은 지극히 잘못된 일인 줄로 아옵니다."

"충효를 두루 갖춘 인재를 데려다 쓰려고 함이라. 어찌 아무런 이유 없이 쓰겠느냐?"

황제가 그 뜻을 거듭 밝히자 이두병이 다시 아뢰었다.

"인재를 구하신다면, 조웅보다 열 배나 더 뛰어난 인재가 도성 안에만 백여 명이나 되옵니다. 조웅만한 인재는 수레에 실어야 할 정도이며 국자로 퍼서 그 양을 헤아릴 정도이옵니다."

황제께서 이두병의 말을 끝내 옳게 여기지 않으시고 다시 말씀하지 않으셨다. 이두병이 물러나와 조정 신하들에게 말했다.

"앞으로 조웅을 천거하는 자는 죄를 받으리라."

이 말에 누군들 겁내지 아니하리오. 왕부인과 웅이 이 말을 전해 듣고, 왕부인은 못내 두려워하고 웅은 분한 마음을 참지 못했다.

나라의 운세가 기우는 것인가! 황제께서 갑자기 병이 나시더니 열흘이 지나도 조금도 차도가 없고 점점 더 깊어갔다. 백성이 모두 황제의 건강이 회복되기를 하늘에 기도했지만, 소인배들의 조정이라 회복을 어찌 기대하리오.

정묘년 3월 3일에 결국 황제께서 돌아가시니, 태자 애통해하시고 만백성의 울음소리 천지에 사무쳤다. 왕부인과 조웅 모자도 더욱 망극해했다. 어느 사이에 국법과 권세가 모두 이두병에게로 돌아가니, 백성이 나라 망할

---

* 형산(荊山) | 중국 호북성 남장현의 서쪽에 있는 명산. 형산백옥(荊山白玉)이란 말이 있을 정도로 옥으로 유명한 곳이다.

것을 걱정하며 산중으로 도망했다. 조정 신하들이 예를 극진히 갖추어 4월 4일에 황제를 서릉에 안장했다.

하루는 조정 신하들이 모두 모여 국사를 의논하다가, 이두병이 역모*에 뜻을 두고 옥새를 차지하려는 것을 알았으나, 어느 누구도 그 말을 따르지 아니할 사람이 없었다. 10월 13일은 문제가 태어난 날이라. 모든 관원이 종일토록 그 일을 의논할 때에 이두병이 물었다.

"동궁이 지금 겨우 여덟 살이라. 국사는 매우 중대한데, 여덟 살 동궁이 황제에 오르는 것은 매우 위태로운 일이다. 나라의 법령이 점점 쇠하고 사직이 위태롭게 되면 그대들은 어찌하려 하느냐?"

"천하는 한 사람의 천하가 아니며, 나라는 십대十代나 계속 이어질 수 없사옵니다. 어찌 여덟 살 동궁을 황제의 자리에 앉히겠나이까? 황제께서 돌아가실 때 이승상과 나랏일을 의논하라는 유언이 있었사옵니다. 한 나라에는 두 왕이 없고 백성에게는 두 하늘이 없으니 어찌 왕 옆에 왕 노릇하는 신하를 두겠사옵니까?"

신하들이 모두 한목소리로 말했다.

"국사를 돌보지 못한 지가 여러 날이옵니다. 엎드려 빌건대 승상은 옥새를 받으시고 황제의 자리에 오르셔서 신하들과 백성이 실망하고 탄식하는 일이 없도록 하옵소서."

모든 관원이 일시에 땅에 엎드려 네 번 절하니, 그 위엄이 서릿발 같았다. 이두병이 황제의 자리에 오른다는 소식에 궐 안이 떠들썩하며 분주하고, 도성 안이 진동했다. 나라 안에 반란이 일어난 듯, 어떤 사람은 울고 어떤 사람

* 역모(逆謀) | 황제의 자리를 차지하고자 반역을 꾀함.

은 분노하니 마치 전쟁이 일어난 것 같았다.

이두병은 스스로 황제라 일컫고 국법을 새로 정하여 각 나라 모든 고을에 공문公文을 보내 벼슬을 올려 주며 환심을 샀다. 신하들은 태자를 물러나게 한 후 궁궐의 외딴 곳에 있는 외객관으로 내치었다. 태자의 시녀들과 환관, 노비 등이 하늘을 향해 울부짖고 땅을 치면서 끝없는 슬픔에 마음 아파하니, 푸른 하늘이 통곡하는 듯하고 태양이 빛을 잃은 듯했다.

왕부인은 이러한 변을 보고 몹시 놀라 얼굴빛이 창백해졌다.

"이제 당연히 죽으리로다."

밤낮으로 하늘에 빌고 또 빌었다.

"웅의 나이 이제 겨우 여덟 살이니 죄 없는 자식을 살려 주소서."

애걸하는 그 가엾은 모습은 차마 보지 못할 지경이라.

웅이 어머니를 붙들고 만 가지로 위로했다.

"어머님은 불효자식을 생각하지 마시고, 천금같이 귀하신 몸을 보존하소서. 꿈같은 세상에 유한한 간장을 상하게 하지 마소서. 인생에서 한 번 죽는 일만은 임금님도 마음대로 못하옵거늘 어떻게 죽음을 면하오리까? 짐작하옵건대 이두병은 우리의 원수요 우리는 저의 원수가 아니오니, 어찌 웅이 이두병의 칼에 죽겠사옵니까? 조금도 염려하지 마옵소서."

웅은 원통하고 분한 마음을 참지 못했다.

이두병은 큰아들 이관을 태자로 봉하고 자신을 평순황제라 칭했다. 이즈음에 송태자를 외객관에 내치어 두었더니, 조정 신하들이 다시 간청하자 태산 계량도로 귀양을 보냈다. 이후로 태자의 소식을 알 수 없게 되었다.

태자께서 유배되었다는 말을 듣고는 왕부인 모자가 망극해했다.

"우리 도망하여 태자를 따라 죽고 사는 일을 함께하고 싶으나 종적이 탄로 나면 그에 앞서 죽을 것이니 어찌하리오?"

그러고는 모자가 밤낮으로 통곡했다.

쫓기는 조웅

하루는 조웅이 해진 뒤 밝은 달을 바라보며 원수 갚을 묘책을 생각하는데 갑자기 마음이 아득해지면서 분한 마음이 솟구쳐 올랐다. 울적한 기분을 참지 못하여 어머니 모르게 중문을 나와 도성 안 큰길을 걷다 한 곳에 다다르니, 아이들이 모여 시절 노래*를 부르고 있었다.

나라가 망하고 임금이 죽으니 아비 없는 자식이 태어났구나.

문제가 순제 되니 태평 시절이 오히려 어지러운 세상이 되었도다.

천지天地가 변하지 않았는데 어찌 산천山川을 고치겠는가?

삼강三綱이 무너지지 않았는데 어찌 오륜五倫을 고치겠는가?

맑고 밝은 하늘에서 쓸쓸하게 내리는 비는

충신의 원통한 눈물이 아니면 괴로운 나그네의 눈물이로다.

슬프다! 백성아. 호수에서 외로운 조각배 타고

바다에서 노닐면서 시절을 기다려라.

웅은 노래를 다 듣고 분을 이기지 못해 그대로 걸어 경화문에 도착했다. 궁궐을 바라보니 인적은 고요하고 달빛은 뜰에 가득했다. 오리와 기러기 몇 쌍이 연못에 떠 있고, 십 리나 되는 정원은 예전의 아름다운 모습 그대로였다. 돌아가신 문제를 생각하니 충성스런 마음에 굽이굽이 쌓인 울분이 갑자기 치밀어 올랐다. 웅은 담장을 넘어 들어가 당장에 이두병의 목을 베고 싶었으나, 그는 강하고 저는 약할 뿐만 아니라 문안에 군사가 많고 문이 굳게 닫혀 있는지라. 할 수 없이 그대로 돌아섰다. 그래도 분한 마음을 참지 못해 붓통에서 붓을 꺼내 경화문에 대문짝만하게 이두병 욕하는 글 몇 귀를 써 놓고 몰래 돌아왔다.

이 날 왕부인은 잠을 자다가 꿈을 꾸었는데, 꿈에 조승상이 방에 들어와 부인의 몸을 만지며 말했다.

"부인은 무슨 잠을 그리 깊이 자는가? 날이 밝으면 큰 화를 당할 것이니 웅을 데리고 급히 도망하시오."

왕부인이 망극하여 물었다.

"이 깊은 밤에 어디로 가리까?"

"수십 리를 가면 자연히 구해 줄 사람이 있을 것이니 급히 떠나시오."

이 소리에 놀라 깨니 한바탕 헛된 꿈이라.

웅을 찾으나 보이지 않았다. 크게 놀라 문밖으로 나가 두루 살펴보아도 아무런 인적이 없었다. 정신이 아득한데, 멀리 중문 쪽을 바라보니 웅이 급히 들어오고 있었다. 왕부인이 매우 놀라며 물었다.

"이 깊은 밤에 어디를 갔다 오느냐?"

"마음이 산란하여 달빛을 따라 거리를 배회하다가 돌아오나이다."

"아까 꿈속에 네 부친이 나타나 이리이리하라 하셨느니라. 가다가 죽을 지언정 어찌 앉아서 죽음을 기다리겠느냐? 바삐 길 떠날 채비를 차려라."

왕부인이 목이 메어 말하니, 웅이 놀라 밖에서의 일을 아뢰었다.

---

* 시절 노래 | 그 당시의 정치적 혹은 사회적 일을 풍자적으로 담아낸 노래를 말한다. 민요 중에 아이들의 동요에 이러한 성격의 노래가 많다.

"소자가 아까 나가서 동요를 들으니 그 내용이 이러이러하였습니다. 분한 마음에 경화문에 가 이두병을 욕하는 글을 쓰고 왔나이다."

왕부인이 매우 놀라 크게 꾸짖었다.

"어린아이가 어찌 이렇듯 일을 망령되게 하느냐? 그렇지 않아도 우물가에 어린아이를 세워 둔 것처럼 마음이 조마조마하거늘, 어찌 그리 경솔하단 말이냐? 날이 밝아 새 황제가 그 글을 보면 우리를 당장에 죽일 것이다. 어서 바삐 행장*을 꾸려 도망하자."

모자가 힘닿는 대로 약간의 의복과 행장을 꾸리고 곧바로 충렬묘에 들어가 바라보니, 화상의 얼굴이 붉게 변했고 땀이 흘렀다. 모자가 화상 아래에 엎드려 크게 울지는 못하고 가슴을 두드리며 애통해하니, 그 모습이 너무도 불쌍하고 가련했다.

정신을 진정하고 일어나 화상을 떼어 행장에 간수하고 급히 나와 웅을 앞세우고 걸음을 재촉했다. 수십 리를 나와 큰 강가에 이르렀는데, 달은 기울고 검은 구름이 하늘을 가리니 길을 찾기 어려웠다. 마침 물가에 사공 없는 빈 배가 매여 있는지라. 배에 올라 부인이 손수 삿대를 들고 아무리 저은들 매여 있는 배가 어디를 가리오? 벌써 동쪽 하늘이 밝아 오고 갈 길은 아득했다. 하늘을 우러러 목 놓아 울부짖다가 왕부인이 물에 빠지려 하자 웅이 어머니를 붙들고 수없이 말리니 차마 죽지는 못했다.

바라보니 마침 동남쪽 큰 바다에서 선동*이 나뭇잎 모양의 배에 등불을 돋워 달고 파도를 헤치며 화살같이 다가오고 있었다. 모자가 이를 보고 반가워

* 행장(行裝) | 여행하기 위해 꾸린 짐.
* 선동(仙童) | 신선과 같은 모습의 어린 동자.

기다리는데 순식간에 지나쳐 갔다. 왕부인이 선동을 향해 크게 외쳤다.

"배를 모는 사람은 위급한 사람을 구해 주소서."

선동이 이 소리를 듣고는 배를 멈추고 대답했다.

"어떠한 사람이 바삐 가는 배를 붙잡는 것입니까?"

선동이 어서 오르라 하거늘 왕부인이 반겨 배에 올랐다. 배는 매우 편안할 뿐만 아니라 젓지 아니하여도 빠르기가 화살 같았다.

"선주船主는 무슨 급한 일로 너른 바다를 마치 육지처럼 다니느뇨?"

"나는 강호의 불쌍한 사람을 구원하라는 남악 선생의 명을 받아 온 세상을 두루 다니옵나이다."

몇 마디 나누는 사이 삽시간에 강둑에 다다라 내리기를 청하니, 모자는 행장을 메고 배에서 내려 백배사례했다.

"선주의 덕으로 큰 바다를 무사히 건넜으니 은혜 망극하여 갚을 길이 없거니와, 묻나니 여기는 황성에서 얼마나 떨어져 있느뇨?"

"아까 온 길이 수로水路로 일천삼백 리요, 육로陸路로 삼천삼백 리입니다."

"그럼 어디로 가야 살 수 있겠소?"

"형편이 잠시 곤란하고 급박하지만 어찌 죽기야 하겠사옵니까? 저 산을 넘어가면 인가가 많으니 그곳으로 가소서."

선동은 이렇게 말하고는 배를 저어 갔다.

이 날 밤 이두병은 몹시 흉하고 참혹한 꿈을 꾸었다. 날이 밝기를 기다려 신하들을 불러 꿈속의 일을 의논했다. 이때 경화문을 지키던 관원이 급히 고했다.

"날이 밝으니 문밖에 없던 글이 있기에 베껴 써서 올리옵니다."

이두병이 그 글을 보니 다음과 같이 적혀 있었다.

송나라 황실이 쇠약해지니 간신이 조정에 가득하도다! 황제가 돌아가시니 만백성이 불행해졌도다! 동궁이 아직 어리니 소인배가 세력을 얻는 때로다! 만고 소인 이두병은 벼슬이 일품이라. 무엇이 부족하여 역적이 되었단 말인가? 천명*이 온전하거늘 네 어이 오래 살리오. 태자를 어찌하고 네가 옥새를 차지했느냐? 진시황의 날랜 사슴 임자 없이 다닐 때에 초패왕의 세상 덮는 기운과 범증의 신기한 재주로도 마음대로 못 잡아서 임자에게 주었거늘* 어이할까 저 역적 이두병아! 부귀도 좋거니와 천지신명을 돌아보아 송나라 왕실을 끊지 마라. 광대한 천지간에 용납할 사람 없는 너의 죄목을 조목조목 생각하니 이루 다 쓰기 어렵도다. 송나라 충신 조웅이 삼가 쓰노라.

이두병과 신하들이 보고 놀라며 격분했다. 우선 경화문 관원을 잡아들여 그때 조웅을 잡지 못한 죄로 곤장을 쳐서 내쫓고는 조웅 모자를 꽁꽁 묶어 잡아들이라 호령하니 황성이 시끌벅적했다. 관원들이 조웅의 집을 에워싸고 들어가니 인적이 고요한데 조웅 모자는 없었다.

관원들이 돌아와서 도망한 사실을 아뢰니, 이두병이 몹시 노하여 책상을 치며 대신을 꾸짖었다.

"조웅 모자를 잡지 못하면 그대들에게 중벌重罰을 내릴 것이니 어서 바삐 잡아 짐의 분한 마음을 풀게 하라."

신하들이 매우 두려워하여 황성 삼십 리를 겹겹이 에워싸 곳곳을 뒤져본들 이미 삼천 리 밖에 있는 조웅을 어찌 잡으리오. 끝내 잡지 못하니 이두병이 분한 마음을 참지 못하여 크게 호령했다.

* 천명(天命) | 하늘이 정한 운명.
* 진시황의~주었거늘 | 항우가 그의 신하 범증의 도움을 받아 유방과 천하를 다투었으나, 유방에게 천하가 돌아간 사실을 말한다.

"우선 충렬묘에 가서 조정인의 화상을 가져오라."

관원이 명령을 듣고 말을 달려 충렬묘에 가서 화상을 찾으니, 이 또한 없었다. 황망히 돌아와 화상도 없더라고 보고하니, 이두병이 책상을 내리치며 어쩔 줄 몰라 했다.

"경화문을 지키던 관원을 다시 잡아들이라."

분부하니, 곁에 있던 신하들이 마음이 너무 급하여 넋을 잃은 채 분주했다.

순식간에 경화문 관원을 잡아들이니, 이두병이 매우 화가 나 명했다.

"아무 말 말고 끌어내어 목을 매달아라."

즉시 끌어내어 목을 매다니, 다시 명을 내렸다.

"충렬묘와 조웅의 집을 다 불태워라."

"조웅은 여덟 살 어린애고 그 어미는 여자인지라 멀리 못 갔을 것이니, 각도의 고을마다 급히 공문을 보내면 그물에 든 고기 잡듯 할 수 있을 것이옵니다. 폐하께서는 근심하지 마소서."

신하들이 아뢰자 이두병은 옳다고 여겨 각 도 온 고을에 명했다.

'조정의 관원이나 백성을 막론하고 조웅 모자를 잡아 바치면 천금의 상을 내리고 높은 벼슬에 봉할 것이리라.'

이 명을 듣고 방방곡곡坊坊曲曲에서 조웅 모자 잡기를 힘썼다.

이즈음에 조웅 모자는 배에서 내려 선동이 일러 준 곳으로 찾아갔다. 산 하나를 넘어가니 소나무, 대나무가 우거진 한적한 마을이 있는데, 인가가 꽤 많았다. 마을 앞에 앉아 사람들을 구경하니 모두 순박하고 한가로웠다. 우물가에서 물 긷는 사람에게 물을 얻어 마시고, 여러 사람에게 하룻밤 지내기를 청하니, 그 중에 한 사람이 인도하여 한 집을 가리켰다. 그 집에 들어가니 적막하고 고요한데 남자는 없고 다만 나이 많은 여인이 젊은 처녀와

살고 있었다. 모자가 나아가 예를 표하고 방 안을 둘러보니 매우 맑고 깨끗하여 사람이 비칠 듯했다.

집주인이 왕부인에게 물었다.

"부인은 어디에서 살며 어디로 가시나이까?"

"일찍 남편을 잃고, 집안이 큰 화를 당해 어린 자식을 데리고 도망 다니다가 하늘의 도우심으로 주인을 만났사옵니다. 이곳은 어디며 마을 이름은 무엇이옵니까?"

"이곳은 계량도 백자촌이옵니다."

주인이 대답하고는 딸을 시켜 저녁밥을 지어 왔다. 음식이 모두 소담한데다 종류가 많고 향기도 좋았다. 모자가 배불리 먹고 주인에게 무수히 감사하니, 주인이 도리어 사양했다.

"변변치 못하게 차린 밥으로 큰 인사를 받으니 오히려 마음이 불편하옵니다."

왕부인이 더욱 감사하고 바깥주인에 대해 물으니, 길게 탄식하며 말했다.

"팔자*가 험하여 남편을 잃고 딸과 함께 사옵니다. 남편은 계량태수를 지내시다, 이 마을이 한적하고 외진 곳이어서 이곳에 집을 짓고 살다가 오십 넘어 딸 하나를 두고 돌아가셨습니다. 그 후 고향으로 돌아가지 못하고 이 땅 백성으로 목숨을 부지하고 있습니다."

주인의 말을 듣자 탄식 소리가 절로 났다. 모자가 그 집에 머무니 몸은 편안하나, 고향을 생각하니 근심하는 마음이 일어났다. 해와 달이 무정하게 바뀌어 세월은 흐르고, 객지에서 해를 보내니 마음속에 겹겹이 쌓인 근심과 끝없는 분노는 비할 데 없었다.

---

* 팔자(八字) | 사람 한 평생의 운수. 예전에는 낳은 해, 낳은 달, 낳은 날, 낳은 시에 평생의 운수가 정해져 있다고 생각했다.

세월이 흐르는 물 같아서 왕부인의 나이 쉰여덟이요, 조웅의 나이 아홉이 되었다. 원래 백자촌은 백 가지 약초가 나는 곳이라. 마을 사람들이 약초를 팔아 생활하므로 백자촌이라 했던 것이다.

　　하루는 주인이 왕부인에게 조심스럽게 말했다.

　　"꿈같은 세상에 떠도는 인생이 백 년을 편히 살아도 한이 많이 남거든, 부인의 나이 아직 젊은데 신세 매우 곤궁하니, 세상의 모진 핍박을 어찌 혼자 지고 살려 하나이까?"

　　왕부인이 웃으며 대답했다.

　　"나도 인생이 허무한 줄 아옵니다. 내 신세도 이러하고 살아갈 날도 적지 않으니, 어찌 살고픈 생각이 있겠습니까? 그러나 자식이 있사오니 대나 이을까 하여 남은 목숨을 보전하고 있나이다."

　　왕부인의 말을 듣더니 주인이 말했다.

　　"부인의 말씀이 참으로 모질고도 불쌍하옵니다. 천지 생겨날 때 맑은 기운과 흐린 기운을 가려 사람과 만물을 나누었으며, 각각 쌍을 정하여 음양의 즐거움을 이루었습니다. 그런데 부인은 무슨 일로 인연 끊긴 남편을 생각하며 무정한 세월을 재미없이 보내십니까? 흐르는 세월이 백발을 재촉하니 후회해도 돌이킬 수 없고 다시 젊어지기 어렵사옵니다. 이 늙은이의 사촌이 이 마을에 사나니, 젊어서 아내를 잃고 마땅한 곳을 정하지 못하여 밤낮으로 널리 배필을 찾아 구하고 있습니다. 하늘이 부인을 보내시어 만나 보니, 제 마음에 부인이 인연으로 마땅합니다. 늙은이의 말을 욕보이는 것이라 생각하지 마시고 눈과 얼음 같은 깨끗한 절개를 잠깐 굽히시면, 부귀 극진하여 사는 동안 끝없는 즐거움을 맛볼 것이오니, 부인은 깊이 생각하옵소서."

　　왕부인이 이 말을 들으니 이마가 서늘하고 분한 마음이 치밀어 올랐다. 그러나 노인의 말이라 진정하여 얼굴빛을 바꾸고 대답했다.

삼십사

"고향을 떠나면 천해진다 하지만 어찌 사람의 심정을 도르고 욕설로 몸 파는 기생같이 대접하나이까? 사람의 천성이야 같을망정 각자 가진 마음은 다르거늘, 이처럼 욕설을 들으니 어찌 살기를 바라리까."

왕부인이 화를 내니 주인이 물러앉아 응하지 않을 것을 알았다는 듯 다시 달래며 말했다.

"나는 부인의 곤궁한 신세가 불쌍하여 드린 말씀이온데, 이처럼 화를 내시니 도리어 부끄럽습니다."

이리저리 달래어 화를 풀려고 하나, 왕부인이 이후로는 무슨 일이 있을까 항상 염려했다.

그 할미가 제 사촌에게 부인과 수작하던 말을 전하며, '그 마음이 흰 눈과 깨끗한 얼음 같아 돌리기 어렵겠다.'고 하니, 사촌은 본래 포악한 사람이라 이 말을 듣고 성을 내며 말했다.

"아직은 그냥 두소서. 그물에 든 고기오니 앞으로 어떻게 할 방법이 있을 것입니다."

하루는 조웅이 왕부인께 생각을 물었다.

"우리가 이곳에 온 지 거의 1년이 되었사옵니다. 황성 소식도 막연하고 이런 두메산골에 묻혀 지내면 사람이 어리석게 되고 심장이 상한다 하옵니다. 소자 잠깐 나가 두루 다니며 황성 소식도 듣고, 선생을 찾아 학업을 닦고자 하나이다."

"내 마음이 설령 편한들 너를 내보내고 어찌 이곳에서 혼자 머물겠느냐. 네 말이 옳으니 함께 가자."

왕부인도 노파에게 욕설과 같은 말을 들은 뒤로는 잠시도 머물 뜻이 없었던 것이다.

이튿날 행장을 꾸려 주인께 하직 인사했다.

"주인의 은혜 강물, 바닷물같이 큰데, 조금도 갚지 못하고 떠나려 하니 심히 미안하옵니다. 하오나 은혜를 한 사람에게만 끼치기 어려워 떠나옵니다."

갑자기 길을 나서니 주인도 어리둥절해했다. 주인은 왕부인의 손을 부여잡고 이별을 못내 아쉬워하며 후일 다시 만날 것을 당부했다. 왕부인도 못내 슬퍼하며 길을 떠났다.

웅을 데리고 수십 리 길을 걷고 또 걸으니 발이 붓고 지쳐 왔다. 웅은 어머니가 힘들어하자 짐을 합쳐서 모두 짊어졌다. 앉았다 쉬었다 걸었다 하며 겨우 십 리를 가 주막을 찾아 들어갔다.

이튿날 다시 짐을 갈라서 짊어지고 한낮이 되도록 가는데 가도 가도 주막이 없었다. 너무 배고프고 힘이 들어 길가에 앉아 쉬는데, 마침 말을 탄 사내가 왔다. 웅이 반가워 이리 오라 하니, 그 사람이 다가와 말에서 내렸다.

"내 집이 갈 만하면 함께 가면 좋겠으나 그럴 수가 없구나."

이렇게 말하며 사내가 주머니에서 먹을 것을 내어 주니, 웅이 감사하며 인사했다. 먹을거리를 가지고 돌아와 모자 요기하니 간신히 배고픔을 면하게 되었다.

이럭저럭 3일 만에 한 곳에 다다르니 해산현 옥구역이라. 해가 아직 남아 있지만 발이 붓고 피곤하여 그곳에서 쉬려다가 마을 사람이 모여 하는 말을 듣게 되었다.

"새 황제가 각 도 고을마다 '조웅 모자를 잡아서 바치면 천금을 상으로 주고 높은 벼슬에 봉하리라.' 명령했다 하니, 우리도 운이 좋아 그들을 잡으면 벼슬하리로다."

이렇게 말하면서 마을 사람들이 지나가는 행인들을 자세히 살폈다. 조웅 모자가 이 말을 들으니 간담이 서늘한 것이 마치 정신이 나가는 듯했다. 급히 몸을 숨겨 그 마을을 떠나 도망하는데, 피곤하던 기색도 없어지고 걷기 어렵던 발도 아프지 않았다.

이윽고 깊은 산중에 들어가 바위 밑에 숨어 서로 붙들고 울었다.

"이제는 어디로 가도 죽을 것이니 어찌하리오."

모자가 통곡하니, 그 가련함은 이루 말할 수 없었다.

날이 저물어 밤이 되니, 이때는 춘삼월이라. 온갖 꽃이 단발하고 나무 울창한데, 어둔 밤 적막 산중에 어디로 가겠는가. 바위에 기대 밤을 지새우는데, 승냥이와 이리가 울부짖고 호랑이와 표범이 지나가도 조금도 두렵지 않았다. 삼경에 뜬 달이 나무 아래로 내려와 은은히 비치니 둘러친 봉우리와 골짜기가 그림을 그린 듯 어렴풋이 드러났다. 무심한 원숭이는 슬피 울어 나그네 시름을 자아내고, 한 맺힌 두견새는 꽃무리 사이에 점점이 눈물을 뿌리며 울음 우니, 슬프다! 두견새 소리에 마음속으로 생각하니 그 신세 우리와 같구나! 이러한 텅 빈 산중에 아무리 철석같이 굳게 마음먹은들 아니 울고 어이하리.

왕부인이 웅을 붙들고 하염없이 통곡하니, 청산靑山이 찢어지는 듯하고 목석木石이 다 슬퍼하는 것 같았다. 애통해하며 밤을 지내니, 하룻밤 사이에 눈이 붓고 얼굴이 크게 상하여 다른 사람 같았다. 날이 밝은들 어디로 가리오. 배고프고 목이 말라 한 걸음도 옮길 수 없었다. 기운이 빠져 풀 위에 누워 있는데, 웅이 비록 어리나 꽃을 가져다가 왕부인께 드렸다.

"아무리 배고픈들 이것이 어찌 요기가 되겠느냐?"

왕부인이 서러워 말하는데, 마침 무슨 소리가 들렸다. 반가웠지만 겁도

났다. 살펴보니 여승 대여섯 명이 오고 있었다.

"어느 절에 있으며 어디로 가십니까?"

"부인은 어디 사시는데 이러한 산중에 외로이 계십니까?"

"길을 잃고 이곳에 들어왔사온데 너무 배고프고 목이 말라 오도 가도 못하고 앉아 있나이다."

중들이 애처롭게 여겨 밥 두어 그릇을 주니, 모자 감사히 받았다.

"죽게 된 인생을 구해 주시니 그 은혜 잊지 못하겠사옵니다. 이곳에서 절까지는 얼마나 되옵니까?"

"산중에는 절이 없고 소승들이 있는 절은 여기서 백여 리나 되옵니다. 험한 산길을 어찌 혼자 가오리까? 소승들이 절로 가는 길이면 모시고 가고 싶으나, 고을 태수가 새로 부임하시어 문안 가는 길이라 그럴 수가 없사옵니다. 이 길로 수십 리를 가면 마을이 있으니 그곳으로 가소서."

왕부인이 여승을 하직하고 돌아와 그 밥을 둘이 먹으니 시장기를 면하기엔 충분했다. 웅이 일어나 행장을 챙겨 길을 나서려는데 왕부인이 말렸다.

"어디로 가려느냐? 반드시 관원들에게 잡힐 것이니 어찌 남의 손에 죽으리오. 차라리 이 산중에서 굶어 죽는 것만 못하다."

"사람의 목숨이 하늘에 달려 있사오니, 하늘이 죽이면 죽을 것이요 살리면 살 것이옵니다. 어찌 사람을 두려워하여 이 산중에서 굶주려 짐승의 밥이 되오리까? 조금도 염려하지 마시고 마을로 내려가소서."

웅이 가기를 재촉했다.

"너는 끝까지 큰소리를 내지 마라. 우리 둘이 이 행색*으로 길을 가면 결단코 잡힐 것이니 어찌 두렵지 아니하리오. 내 생각하니 행색을 달리하면 좋을 듯하다. 나는 삭발하여 중이 되고, 너는 상좌* 되면 뉘 알겠느냐?"

"목숨을 부지하는 것도 중하지만 어찌 삭발을 할 수 있사오리까?"

웅의 말에 왕부인이 달랬다.

"삭발한들 본래 중이 아니니 행색이 무슨 관계있겠느냐? 너는 털끝만큼도 걱정하지 마라. 나는 결단코 삭발하리라."

이 말에 웅이 울면서 말했다.

"그렇다면 소자도 삭발하겠나이다."

"참으로 답답하도다. 어린아이가 삭발하면 보는 사람들이 이상하게 여겨 의심할 것이다. 네 생각하는 것이 어찌 이리 미련하뇨?"

웅은 왕부인이 뜻을 굽히지 아니하실 줄 알고 승낙했다.

"그렇게 하겠사옵니다."

"머리를 깎으라."

왕부인이 행장에서 가위를 내어 주니, 웅이 가위를 들고 머리를 깎으려다가 눈물이 솟아나 차마 깎지 못하고 통곡했다.

"내 여태까지 살아 있는 것은 너를 위해서니라. 슬픔을 감추고 나를 위로해야 할 것이거늘, 네 먼저 나의 슬픔을 자아내고 이렇듯 거역하니 내 어찌 살겠느냐."

왕부인이 크게 나무라자, 웅이 두려워 울음을 그치고 가위를 잡아 머리를 깎으니, 그 모습을 차마 보지 못할러라. 가위를 던지고 어머니의 머리를 안고 통곡하니, 나무와 돌조차 눈물을 머금고 해와 달도 빛을 잃었다.

왕부인과 웅이 머리를 만지며 통곡하니, 그 모습이 참으로 가련했다. 왕부인이 웅의 눈물을 닦아 주며 달랬다.

---

* 행색(行色) | 겉으로 드러나는 차림이나 모습.
* 상좌(上佐) | 큰 스님을 모시는 제자 중 가장 높은 스님.

"웅아, 울지 마라. 네가 울면 내 마음 둘 데 없도다."

왕부인이 흐르는 눈물을 거두지 못하니, 웅이 울음을 그치고 어머니를 위로했다.

"너무 서러워하지 마시고 마음을 진정하소서."

왕부인이 애써 정신을 차린 후, 행장 속에서 의복을 꺼내 장삼을 지어 입고 머리에 고깔을 만들어 쓰니, 웅이 어머니의 거동을 보고는 엎어져 통곡했다. 왕부인도 망극한 마음을 이기지 못하나, 웅을 달래어 앞세우고 대지팡이를 짚고 마을로 내려왔다. 마을에서 밥을 빌어먹고 다녀도 아무도 그들 모자를 알아보지 못했다.

하루는 한 곳에 가니 장場이 열렸다. 왕부인이 행장에 넣어 둔 머리카락을 웅에게 팔아 오게 하니, 겨우 돈 닷 냥이었다. 모자 이마저도 다행으로 여겨 더러는 요기하고 남은 돈을 행장에 갈무리하여 넣어 두고 장 근처의 주막에서 머물렀다.

밤 깊은 뒤 잠결에 들으니, 여러 사람이 수군거리는 소리에 마을이 요란했다. 이상해서 내다보니, 도적이 방망이를 들고 달려들었다. 왕부인이 무서워 담을 넘어 도망가다가 가만 생각하니 웅을 버리고 왔는지라. 간장이 끊어지는 듯하여 돌아보니, 벌써 마을에 불기둥이 하늘로 치솟고, 도적이 고함치며 길을 덮으며 쫓아오고 있었다. 가슴을 두드리며 웅을 부르니, 벌써 도적이 가까이 왔다. 어두운 밤에 길을 분간하지 못하고 하늘을 우러러 통곡하며 '웅아! 웅아!' 부르니, 어디서 무슨 소리가 들렸다. 소리 나는 쪽으로 달려가 보니 한 집이 있었다. 반가워 들어가니 비각*이었다. 비 뒤에 몸

* 비각(碑閣) | 비석을 세우고 비바람을 가리기 위해 그 위에 세운 집.

을 숨겨 일단 도적을 피했다.

그 날 밤 웅은 자고 있었는데, 도적이 들어와 웅의 발을 잡고 문밖으로 내치었다. 웅이 잠결에 놀라 다시 방으로 들어가 왕부인을 찾았으나 보이지 않았다. 허둥지둥 어찌할 줄 모르는데, 도적이 짐을 빼앗아 갔다. 웅이 급히 따라가 도적을 붙들고 애걸했다.

"짐은 가져가도 몇 푼 되지 않소이다. 짐 속에 돈이 있사오니, 돈만 가져가고 짐은 돌려주소서."

웅이 매달려 애걸복걸 사정하니, 그 중에 늙은 도적이 불쌍히 여겨 짐을 헤쳐 보았다. 짐 안에 다만 돈 석 냥과 화상이 들어 있거늘, 도적이 돈과 화상을 꺼내고 짐을 돌려주었다. 그러자 웅이 울며 사정했다.

"나를 죽이고 화상을 가져가소서."

"화상은 어인 화상인고?"

도적이 묻자 웅이 대답했다.

"나는 대사를 모시는 상좌중이옵니다. 우리 대사께서는 바깥출입 시에 항상 불상佛像을 가지고 다니옵니다. 오늘 스승을 모시고 이 주막에서 자고 있는데, 스승도 잃고 불상마저 잃으면 스승을 어찌 뵈며 절에는 어찌 가오리까? 그렇게 되면 갈 곳 없는 어린아이 굶주려 죽게 될 것이오니, 가져가도 쓸데없는 불상은 주고 가소서."

수없이 애걸하고 또 애걸하니, 늙은 도적이 다른 도적들을 설득하여 돌려주었다.

웅이 화상을 받아 가지고 나와 짐에 넣으며 물었다.

"이제 어디로 가면 스승을 만날 수 있습니까?"

"네 스승이 반드시 저 길로 갔을 것이니 그리로 가라."

도적이 일러 주자 웅이 감사한 마음으로 말했다.

"노인의 은덕으로 살았사오니 그 은혜 죽어도 잊지 못할지라. 이후에 혹 만나 볼 수 있도록 사는 곳과 이름을 알려 주소서."

"도적의 사는 곳을 알아 무엇하겠느냐. 빨리 가거라."

웅은 다시 하직 인사하고 노인이 가리킨 쪽으로 가면서 어머니를 부르며 통곡했다. 밤은 깊고 인적이 고요한데 정처 없이 걸어갔다.

이 날 밤에 왕부인이 비각에서 잠깐 졸았는데, 비몽사몽非夢似夢간에 조승상이 나타났다.

"웅이 이 앞으로 지나가거늘, 부인은 어찌하여 그것도 모르고 주무시나이까?"

왕부인이 문득 놀라 깨니 한바탕 꿈이었다. 비각 밖으로 달려 나가니 어디서 슬피 우는 소리가 들렸다. 귀를 기울여 들으니 웅의 소리가 분명했다. 길이 어두워 도랑인지 골짜기인지 살필 수조차 없어, "웅이냐?" 소리를 크게 질렀다.

"웅이로소이다."

웅이 달려드니, 왕부인이 웅을 붙들고 통곡했다.

"네 도적의 화를 어떻게 면했느냐?"

웅이 도적의 화는 면했으나 돈은 잃고 화상을 찾은 사연과 늙은 도적의 도움으로 목숨을 구하고 길을 안내받아 찾아온 사연을 낱낱이 아뢰니, 왕부인이 눈물을 흘리며 말했다.

"네 살아서 화상을 찾아왔으니 다행이로다! 나는 도적에게 쫓겨 천지를 분간 못하고 달아나다가, 네가 분명 죽었을 것이라 여겨 어두운 밤에 어찌할 바 모르고 스스로 목숨을 버리려고 했도다. 그때 마침 비각이 보여 머물렀더니, 비몽사몽간에 승상이 나타나 너 오는 것을 알려 주셨도다."

모자 그간에 있었던 일을 다 말하고 비각에서 날 새기를 기다렸다. 새벽 닭 우는 소리 나며 날이 새자 나아가 비각의 비문을 보았다. 앞면에는 '대국 충신 병부시랑 겸 각도진무어사 조정인 불망비*' 라 금金으로 글자를 새겨 놓았고, 뒷면에는 다음과 같이 쓰여 있었다.

황제께서 밝게 살피시어 위왕을 징벌懲罰하셨도다. 백성은 무슨 죄로 흉년을 만났는고? 살기를 도모하여 사방으로 흩어지니, 황제가 명하여 어진 신하를 보내셨다. 그 신하 만백성의 부모 되어 백성을 살려 내니, 그 은덕은 태산이 오히려 가볍도다. 갚기를 생각하니 끝이 없도다. 어리석은 백성아, 만세를 잊을쏘냐.

조웅 모자 비문을 보니 승상을 만난 듯했다. 비석을 붙들고 매우 애통해 하니, 산천초목이 다 우는 듯하고 온갖 짐승도 눈물짓는 듯했다. 웅이 어머니를 위로하며 말했다.
"부친의 비각이 어찌 여기에 와 있나이까?"
왕부인이 말했다.
"이 비석을 보니 여기는 위나라 땅이로다. 네 부친이 병부시랑 벼슬할 때에 위왕 두침은 마치 걸주*와 같이 포악한 자였다. 백성이 다 도탄塗炭에 빠져 서로 노래를 지어 부르기를, '우리 임금은 어느 날에나 망할까? 하루가 3년 같네. 언제나 망할까? 라 하니, 이 노래가 온 나라에 널리 퍼지게 되었다. 그때에 위왕이 반역하려는 뜻을 품고 대국을 탈취하고자 했다. 요망한 도사의 말을 듣고 열다섯 살 된 남녀 둘을 잡아 각각 포육*을 떠 음양의 기운을

---

* 불망비(不忘碑) | 후세 사람이 잊지 않도록 하려고 어떤 사실을 적어 놓은 돌기둥.
* 걸주(桀紂) | 중국 하나라의 마지막 임금인 걸(桀)과 은나라의 마지막 임금인 주(紂). 모두 포악무도한 임금으로 유명하다.
* 포육(脯肉) | 얇게 저미여 말린 고기.

받들어 하늘에 제사하고는 군사를 일으켰다. 대국을 향하여 나오다가 번양 땅에 이르자, 하늘이 군대를 보내 위왕을 쳐서 죽이고 3년 동안 비를 내리지 않으시니, 흉년이 극심하여 백성이 사방으로 흩어지게 되었다. 황제 이를 근심하시고 네 부친을 보내시니, 네 부친께서 소와 양을 잡아 하늘에 제사 지내 비를 얻고, 창고의 곡식을 풀어 백성을 구휼하셨다. 그리하여 대국으로 돌아오는 길에 백성이 비를 세우고 모두 다투어 하직 인사를 하였다. 네 부친이 살아서 익히 하시던 말이라 내 들었더니, 이제 와 볼 줄을 어찌 알았으리오."

왕부인은 말을 마치자 붓과 먹을 꺼내어 비문을 베껴 쓰고는 통곡했다. 하직하고 떠나려 하나, 동서남북 어디로 향하리오? 슬프다! 이리저리 떠도는 신세에 행장에는 돈 한 푼 없으니 굶어 죽어도 뉘라서 살려 내리오.

"또 주막을 찾아다니다가 무슨 변을 당할 줄 모르오니 절을 찾아가는 것이 좋겠사옵니다."

왕부인도 웅의 말을 옳게 여겨 절을 찾아가기로 했다. 행인을 만나면 절을 물으니, 어떤 사람은 "중이 절을 모르는데 속세 사람이 어찌 알리오?" 하고, 어떤 사람은 자세히 알려 주기도 했다.

스승을 만나다

슬프다! 세월이 물처럼 흘러 집을 떠나온 지 3년이요, 조웅의 나이 열한 살이라. 기골이 장대하고 힘이 족히 어른을 당하는지라. 길을 가다 혹 강물을 만나면 모친을 업고 건너더라.

하루는 종일토록 가는데, 사람도 인가도 없었다. 너무 배고프고 목말라 길가에 앉았더니, 동남쪽 험한 산골짜기에서 한 무리의 중이 지팡이를 짚고 나왔다. 웅이 반가워 기다리니, 그 중들이 와서 반기며 다과를 꺼내어 왕부인에게 드렸다.

"다니시느라 시장하실 것이니 요기나 하소서."

조웅 모자 다행으로 여기며 다과를 먹으니 든든했다.

"지나가는 사람이 없어 배고프고 목말라 죽게 되었더니. 뜻밖에 사람 살리시는 부처를 만나 배부르게 먹었사옵니다. 이 은혜 죽은 뒤라도 잊지 못할 것이옵니다."

왕부인이 감사하며 말하자 한 중이 웃으며 말했다.

"조금 요기하신 것을 은혜라 하오면, 소승은 부인께 천금千金을 얻었사오니 그 은혜는 어떻다 하오리까?"

왕부인이 놀라며 말했다.

"소승은 본래 가난한 중이라. 빌어먹으며 이리저리 다니는 신세거늘, 어찌 천금의 재물을 알리오?"

그 중이 또 웃으며 말했다.

"대국 충렬공의 부인이 아니시옵니까? 몸을 감추느라 변장을 하신들 소승이 어찌 모르오리까?"

이 말에 왕부인과 웅이 몹시 놀랐다.

"이제는 우리 정체가 드러났으니 여기서 잡혀 원수의 칼에 죽으리로다."

모자 통곡하며 그 중에게 애걸했다.

"우리를 잡아 황제에게 바치면 천금을 상으로 받고 높은 벼슬에 오르겠지만, 세상의 부귀는 한때일 뿐이라. 광풍狂風에 떠밀려 가는 한 조각 구름 같고, 물 위의 거품과 같은지라. 한때의 부귀영화를 생각하지 말고 목숨을 살려 주소서. 스님은 또한 부처의 제자라. 어진 도道로써 목숨을 구제하오면, 후세에 반드시 부처가 되실 것이니, 엎드려 바라옵건대 스님은 목숨을 구원하소서."

애걸하는 소리에 그 중이 웃으며 말했다.

"부인은 조금도 겁내지 마옵소서. 소승은 부인 잡아갈 중이 아니오니 진정하시고 소승의 말을 자세히 들으소서."

이 말에 왕부인이 정신을 차려 들었다.

"부인은 잘 살펴보소서. 어찌 소승을 모르시나이까? 소승은 부인 댁 승상의 화상을 그리던 월경이로소이다. 그때 승상의 화상을 그리옵고 부인에게 보여 드리오니, 천금의 재물을 상으로 내려 주시기에 받았사온데, 부인은 어찌 소승을 모르시나이까?"

왕부인이 자세히 보니 화상 그리던 중과 비슷하나 세상일을 어찌 알겠는가?

"천금의 재물을 상으로 준 일은 확실하나, 마음에 분명히 새겨 둔 일이 아니라 기억하지 못하오니, 스님은 꺼리지 말고 바른대로 가르쳐 주소서."

왕부인이 간절히 애걸하니, 그 중이 민망해하며 위로했다.

"부인이 객지에서 여러 해를 근심으로 지내셨기에 정신이 상하여 잊었사옵니다. 소승이 명백하게 증거할 일이 있사오니 가져오신 화상을 꺼내소서."

"빌어먹는 사람이 무슨 화상이 있으리까? 스님은 무지한 사람들을 속이지 말고 바른대로 말하소서. 이제는 우리 신세 도마 위에 오른 고기라. 죽고 살기는 스님의 처분에 달려 있사오니 마음대로 하소서."

매우 놀라며 통곡했다.

"어찌 이토록 의심하시나이까? 화상을 그릴 때 부인께서는 잉태하온 지 일곱 달이었사옵니다. 짐작되는 일이 있어 부인의 상을 보고 앞으로 닥칠 고난을 기록하여 화상의 등 뒤에 넣어 두었사옵니다. 화상을 꺼내어 그 글을 보시면 의심이 사라지고 소승의 말을 믿을 것이옵니다."

그 중이 절박하게 말하니 왕부인은 매우 이상한 생각이 들었다. 그제야 화상을 내어 등 뒤에 있는 종이를 떼어 자세히 보았다.

꽃처럼 아름다운 왕부인이 삭발은 무슨 일인고? 천 굽이 강 물결 속에서 거북을 만날 것이로다. 그 성의 주인은 누구인가? 충신 굴원의 혼이라. 뱃속에 든 아이는 활달한 남자라. 아들로 상좌 삼고 변장을 한들 화상이 그대로니 필적조차 고칠쏘냐. 이 글은 위나라 산양 땅 강선암 월경이 삼가 쓰노라. 경오년 가을 7월 15일 상봉.

왕부인은 다 보고 나서 몹시 놀라다가 크게 기뻐하며 월경을 붙들고 슬피 통곡했다.

"내 어찌 이리도 스님을 몰라 볼 수 있으리오. 목숨을 구하고자 도망하는 중이라 그렇도다. 지금 이두병이 우리를 잡아들이려고 각처에 명령했다 하기에, 마음에 겁이 많아 변장한 채 다니고 있노라. 하늘의 은덕으로 이곳에 이르러 스님을 만났으니, 어찌 즐겁지 아니하며 슬프지 아니하리오."

그제야 알아보고 못내 즐거워하며 그동안 고생한 일을 다 말하니, 대사 듣고 탄식했다.

"대강은 알고 있사옵니다. 흥하고 망하는 것과 귀하고 천하게 되는 것을 모두 하늘이 결정한다 하오니 한탄한들 어찌 면하겠사옵니까? 소승은 오늘 이렇게 만날 줄 미리 알았사옵니다. 그러나 절에 일이 있어 먼저 와 기다리지 못하고 이렇게 늦게 뵈오니 몹시 황공하옵니다."

말을 마치고는 모자를 모시고 험한 산길로 들어갔다. 겹겹이 둘러친 석벽石壁은 좌우에 병풍이 되었고, 빽빽이 들어찬 무수한 수목은 하늘로 솟아 산을 덮었다. 그 사이에 잔잔한 시냇물은 굽이굽이 폭포 되고, 은은한 경쇠* 소리 쟁 쟁 쟁 가까이 들리니, 석양에 마음 바쁜 나그네가 들으니 그 소리 반갑도다. 끊길 듯 이어진 다리를 건너 절 문 앞에 다다르니, 높이 솟은 봉우리는 사방에 성처럼 둘러쳐 있고, 그 가운데 광활한 큰 연못에 물이 넘실댔다. 중 십여 명이 조각배를 타고 기다리고 있다가 배에서 내려 극진히 절하며 반겼다. 배에 오르니 좌우에 연꽃이 만발하여 향기가 옷 속에 스며들고, 무심한 갈매기들은 오락가락하는지라. 구경하며 들어가니 완연한 신선의 세계였다.

절 앞에 배를 매고 안으로 들어가니, 마치 병 속에 천지가 들어 있는 듯, 진실로 별세계가 펼쳐져 있었다. 절은 새로 고쳐 지어 몹시 정갈했다.

"오늘날 훌륭한 절을 구경하니 진실로 신선의 세계라. 지극히 천한 세속의 나그네가 신선의 세계를 더럽히니 마음이 불안하옵니다."

* 경쇠 | 놋쇠로 그릇같이 만들어 가운데에 구멍을 뚫고 자루를 달아 노루 뿔 따위로 쳐 소리를 내는 기구.

왕부인의 말에 중들이 인사했다.

"누추한 절에 귀한 손님이 오시니 오히려 빛이 납니다. 예전에 중들이 가난하여 작은 암자가 비바람에 낡고 헐어 무너지게 되었더니, 월경대사가 황성에 갔다가 부인께 천금의 재물을 얻어 와 절을 고쳤사옵니다. 가난한 산속 중이 부인의 은혜를 어떻게 다 갚으오리까?"

중들이 매우 고마워하며 왕부인의 은덕을 칭송稱頌했다.

"적은 재물을 시주하고 큰 인사를 받으니 도리어 부끄럽소이다."

중들이 예전부터 잘 알던 사람같이 대접하여 별당에서 편안히 살게 되니 불행 중 다행이었다.

대사는 웅을 데리고 글도 의논하며 신통한 술법도 가르치니, 웅은 온갖 일에 민첩하여 한 가지 일을 가르치면 열 가지 일을 알았다. 웅은 점점 자라고 몸은 한가한데다 편안하니 왕부인의 마음속 근심이 점점 사라졌다.

세월이 물처럼 흘러 조웅의 나이 열다섯이 되니 골격이 장대하고 그 기운이 대단했다. 하루는 웅이 어머니께 청했다.

"소자 이제 열다섯이옵니다. 이곳은 신선 세계 같사오니 참으로 살 만하옵니다. 하지만 남자가 세상을 살아감에 한 곳에서 늙을 것이 아니옵고, 신선도 두루 놀며 널리 구경한다 하옵니다. 그러하니 소자 어머님 슬하를 잠깐 떠나 산 밖에 나가 세상을 구경하고 황성 소식도 듣고자 하나이다."

왕부인이 매우 놀라며 꾸짖었다.

"천 리 타향에서 너는 나만 믿고 나는 너만 믿으며 서로 의지하며 살고 있거늘, 네 어찌 잠시라도 내 곁을 떠나며, 내 어찌 너를 내보내고 잠시인들 잊을쏘냐? 네 어디로든 갈 것이면 나도 함께 갈 것이라. 이후로는 그런 마음을 두지 마라."

이 말에 웅이 다시는 아뢰지 못하고 나와 월경대사와 의논했다.

"내가 이제 세상에 나가도 남에게 화를 당하지 아니할 것입니다. 또 내가 중이 아닌데 너무 오래 산중에 있어, 황성 소식도 전혀 모르며 내 마음속에 품은 뜻조차 아득하옵니다. 일전에 어머니께 사정을 아뢰었사오나 도리어 꾸중하시기에 말씀을 다시 거역치 못하였나이다. 대사는 나를 위하여 모친의 마음을 돌려 나의 품은 뜻을 펼 수 있게 해주소서."

"공자의 말이 반듯한 대장부의 말이로다."

대사는 웅의 말을 옳게 여겨 왕부인에게 나와 이런저런 이야기를 하다가, 웅이 세상에 나가고자 하는 뜻을 물었다.

"말은 당연하나 만리타국에 보내고 내 어찌 적막하고 피붙이 하나 없는 곳에서 잠시인들 웅을 잊으리오. 제 나이 어리고 세상일에 미숙한지라. 어지러운 세상에 나가 어찌 될 줄 알리오."

대사가 말했다.

"부인의 말씀도 당연하옵니다. 그러나 공자를 어리다 하시지만, 언제 죽을지 모르는 싸움터에 놓아두더라도 조금도 염려할 바 없사옵니다. 부인은 어찌 사람의 천명을 의심하시나이까? 홍문연에서 죽을 위기에 처했던 패공*도 살아났고, 부인은 강산이 무너지고 파도가 넘실대는 와중에서도 살아났사옵니다. 어찌 천명을 근심하겠사옵니까? 소승이 공자의 환란을 짐작하지 못하면서 어찌 세상에 나가라 권하겠습니까? 공자가 세상에 나간다 해도 부인은 소승과 함께 세월을 보내면 어찌 외롭게 홀로 근심하시겠사옵니까?"

이러한 말로 여러 차례 왕부인을 설득하니, 왕부인이 다시 생각해 말했다.

"만일 스님의 말씀과 같지 않으면 어찌하시겠소."

---

* 패공(沛公) | 중국 한나라 고조(高祖) 유방이 황제에 오르기 전의 칭호. 패(沛) 땅에서 군대를 열으키어 패공이라 부른다.

"공자의 평생 영욕榮辱을 다 알았사오니 조금도 염려치 마옵소서."

대사의 말에 왕부인이 마지못하여 허락하니, 대사와 웅이 기뻐했다.

이튿날 길을 떠나려 왕부인께 하직하니, 왕부인이 슬퍼하고 걱정하며 어서 돌아오라 당부했다. 중들에게도 하직 인사하고 출발하니, 월경대사가 절 입구까지 나와 손을 부여잡고 길을 가리키며 떠나보냈다. 길을 떠나 세상에 나오니 몸과 마음이 넓게 확 트여 천하에 두려울 것이 없었다.

이럭저럭 절을 떠나온 지 반년이 되었다. 하루는 한 곳에 다다르니 강호 땅이라. 수를 헤아릴 수 없을 정도로 많은 사람이 모여 사는데, 보이는 것마다 웅장하고 심히 거룩하였다.

웅이 성안 큰길을 두루 걸으며 온갖 건물을 구경하다가 한 곳에 이르니 머리가 반쯤 센 노인이 앉아 있었다. 거친 베옷을 입고 검은 띠를 둘렀는데, 거동이 조촐하여 세상 사람이 아닌 듯했다. 삼척검을 앞에 걸고 단정히 앉았거늘, 웅이 그 칼을 보니 모양이 웅장했다. 갖고 싶은 욕심이 간절하나 행장 속에 돈 한 푼 없고, 파는지 아니 파는지도 몰라 멀리 앉아 거동만 지켜보았다. 이때 시장 사람들이 칼을 사려고 값을 물었다.

"값을 말하면 천금이 넘는지라."

노인의 말에 사람들이 그냥 웃고 갔다. 웅은 더욱 간절히 욕심나나 천금이라 하니 묻지도 못하고, 값은 만금이라도 사고는 싶으나 한 푼도 없는지라.

날이 저물어 노인이 칼을 소매에 넣고 가자 뒤를 쫓아가 보았다. 하지만 멀리 사라지는데도 어찌할 도리가 없었다. 돌아와 주막에서 묵고 이튿날 다시 장에 가니, 노인이 아직 나오지 아니했다.

"어제 칼 팔던 노인은 어디 있으며, 오늘은 어찌 오지 않았습니까?"

"그 노인은 어디 있는지 모릅니다. 칼을 팔려고 여기에 온 지 한 달이 넘었는데, 값도 비쌀 뿐 아니라 혹 사려는 사람이 있어도 기꺼이 팔지 아니하더이다."

이 말을 듣고 웅이 멀리서 앉아 기다리니, 그 노인이 와 소매에서 칼을 꺼내어 걸고 앉는다. 웅이 다시 주막으로 돌아와 아무리 생각해도 살 묘책이 없었다. 혼자 탄식하다가 주인에게 말했다.

"오늘 그 노인에게 사는 곳을 물어봐 주소서."

주인이 노인에게 물었다.

"어떤 아이가 노인의 사는 곳과 칼 값을 묻더이다."

이 말에 노인이 몹시 놀라며 되물었다.

"그 아이 행색이 어떠하더뇨?"

"거동이 이러저러하더이다."

"그 아이 사는 곳을 아느냐?"

"알지 못하니 기다리소서. 다시 오리다."

주인이 돌아간 뒤 노인이 기다리고 있으나 멀리 앉아 거동만 바라보는 웅이 어찌 알리오. 날이 저문 뒤에 노인이 칼을 끌러 가지고 가며 무수히 탄식했다. 웅이 주막에 돌아와 잠을 못 이루며 아무리 생각해 보아도 어찌할 방도가 없었다.

이튿날 다시 가 보니 노인이 또 칼을 걸고 앉았거늘, 수삼 일 동안 마음속에 욕심만 낼 따름이었다. 노인이 주인에게 당부했다.

"이 칼 임자는 분명 그 아이라. 기다렸지만 보지 못했으니 내일 또 오거든 부디 가지 말고 나를 만나게 해주소서."

이때 웅은 '내일은 칼 값을 물어보고 강선암에 가 월경에게 돈을 얻어 사리라.' 마음먹고 이튿날 다시 노인을 찾아가니, 칼을 걸어 놓은 위에 무슨 글귀가 붙어 있었다.

화산도사 소매 자락이 무거우니,

행색이 칼 파는 사람 같도다.

사람마다 칼 값을 물어도

노인은 내가 기다리는 사람 따로 있다 하네.

번잡한 시장 거리에 남자가 몇인가?

천 사람이 지나가도 팔기를 원치 아니하노라.

웅의 소식을 누구에게 물어 알겠는가?

앉으면 턱을 괴이고 서면 멀리 보는지라.

웅이 다 보고는 매우 놀라고 기뻐하며 노인에게 정중히 절하고 칼 값을 물었다. 노인은 웅을 자세히 보다가 손을 잡고 몹시 기뻐하며 말했다.

"네 이름이 웅이냐?"

"웅이옵니다. 어르신은 어찌 소인의 이름을 아시옵니까?"

"저절로 알게 되었도다. 하늘이 보검을 주시기에 임자를 찾아 전하고자 온 세상을 두루 다녔노라. 몇 달 전에 큰 별이 강호를 비추기에 찾아와 몇 달을 기다렸으나 끝내 만나지 못하였도다. 매우 괴이하게 여겨 밤마다 하늘에 나타나는 조짐을 살펴보니 강호를 떠나지는 아니하였고 행색이 몹시 곤궁하여 분명 이리저리 떠도는 줄 짐작하였도다. 하지만 찾을 길이 없어 방을 써 붙이고 만나기를 기다렸도다. 그대와 만남이 어찌 이리 늦었는고?"

노인은 웅에게 칼을 내어 주었다.

웅이 인사하고 칼을 받아 보니 길이가 삼척三尺이 넘고 칼 가운데 금으로 '조웅검'이라 새겨져 있었다. 웅이 다시 절하며 말했다.

"귀중한 보검을 그냥 주시니 은혜 죽어도 잊지 못하겠나이다. 어찌 갚으오리까?"

"그대의 보배라. 나는 단지 전할 따름이니 어찌 은혜라 하리오."

노인이 웅을 데리고 며칠 동안 머무르면서 못내 사랑하다가 이별하면서 당부했다.

"마음이 홀가분하도다. 갈 길이 바쁘니 부디 힘써 하늘이 네게 내린 명령을 이루도록 하라."

"어디로 가면 어진 선생을 만날 수 있겠습니까?"

"이제 남쪽으로 칠백 리를 가면 관산이라는 산이 있고 그 산중에 천관도사가 있도다. 정성이 지극하면 만나 보려니와, 그렇지 아니하면 틀어질 것이니 각별히 살펴 선생을 찾도록 하라."

웅은 노인과 악수하고 헤어진 뒤 허리에 삼척장검을 차고 남쪽으로 향했다. 여러 날 만에 관산을 찾아 들어가니, 산세가 기이하고 경치가 빼어났다. 높디높은 절벽 사이로 천지가 열려 있고, 절벽 아래 작은 초가집 앞에는 돌문이 열려 있었다. 두 손을 모으고 예를 갖춰 천천히 들어가니 연못에는 연꽃이 만발하고 계단은 국화로 둘렀다.

바깥채가 고요한데 여러 명의 동자가 앉아서 바둑을 두고 있었다. 웅이 나아가 천관도사가 계신가 하고 물으니, 동자가 일어나 인사하며 말했다.

"요즘은 천렵*에 골몰하시어 벗님을 데리고 나가셨으니 늦게야 오실 것입니다."

웅이 낙심하여 다시 물었다.

"어느 때에 오시겠습니까?"

"황혼에 달이 뜨면 돌아오실 것입니다."

동자의 대답을 듣고, 웅이 해질녘까지 기다려도 도사는 오지 않았다. 주인 없는 집에 머무를 수 없어 산 밖으로 나와 마을에서 자고 이튿날 다시 가니 초가집이 적막했다. 동자를 불러 물었다.

"밤중에 돌아와 새벽에 나가셨나이다."

웅이 낙심하여 마음을 둘 데가 없었다. 반나절이 되도록 종적이 없거늘, 다시 마을에 와서 밤을 지내다가 한밤중에 가니 또 없었다. 웅이 민망하여 동자에게 다시 물었다.

"첫 닭이 울면 나가시나이다."

"십 년을 정성들여 선생을 찾아왔는데 뵙지 못하오니, 바라옵건대 동자는 가신 곳을 가르쳐 주소서."

웅이 탄식하여 말하자 동자가 웃으며 말했다.

"사냥꾼이 기러기를 쏘아 맞히지 못함에 제 공부 부족함을 깨닫지 못하고 활과 살을 꺾어 버리니, 그대도 사냥꾼과 같도다. 그대 정성이 부족한 줄 깨닫지 못하고 도리어 주인이 없음을 원망하니 매우 우습도다. 선생께서는 이 산중에 계시건만 봉우리가 높고 골짜기가 깊으니 계신 곳을 어찌 알리오?"

웅이 부끄러워 다시 묻지 못하고 반나절을 기다렸으나 종적이 망연했다. 울적한 마음을 이기지 못해 붓을 잡아 못 보고 가는 뜻을 쓰고 동자를 불러 하직하고 나오니 마음을 헤아리지 못할러라.

천관도사는 산중에 가만히 앉아 웅의 거동을 보다가 벽에 글을 쓰고 가는 것을 보고는 불쌍히 여겨 급히 내려왔다. 내려와 웅이 쓴 글을 보니 이러했다.

십 년을 기다려 온 나그네가
선생을 보고자 만 리 밖에서 찾아왔도다.

* 천렵(川獵) | 냇물이나 계곡에서 고기를 잡는 일.

흐린 연못에서 노닐다 용이 날고자 했으나

정성이 미치지 못했구나.

도사가 다 보고는 매우 놀라 급히 동자를 산 밖으로 보내 웅을 불렀다.

"선생이 오셨습니까?"

웅이 묻자 동자가 대답했다.

"이제야 오셔서 부르시나이다."

웅이 반겨 동자를 따라 들어가니 도사가 사립문에 나와 웅의 손을 잡고 매우 기뻐하며 웃었다.

"험한 산길에 여러 번 고생하였도다."

말하고는 동자를 재촉하여 저녁밥을 먹였다.

"여러 날 굶주린 배에 좋은 밥을 많이 먹으니 향기가 뱃속에 가득한지라 감사하옵니다."

웅이 먹고 나서 인사하며 말했다.

"그대의 먹는 양을 어찌 알아서 권하였으리오?"

그러고는 책 두 권을 주었다.

"이 글을 보아라."

웅이 무릎을 꿇고 펼쳐보니 훌륭한 옛 성현이 쓴 책이라. 웅이 다 본 뒤에 다른 책을 청하니, 도사가 웃고 병법을 기록한 병서를 주었다. 받아 가지고 큰소리로 읽으니, 도사가 더욱 기특히 여겨 천문도* 한 권을 주거늘, 받아 보니 기묘한 법이 많았다. 도사가 가르치는 술법을 배우니 뜻이 넓어지고 눈앞의 일을 모를 것이 없었다.

* 천문도(天文圖) | 천체의 위치와 운행을 나타낸 그림.

하루는 해가 지고 새들이 자려고 숲으로 들어갈 때, 광풍이 크게 일어나며 무슨 소리가 벽력같이 산악을 울려 쳤다.

"이곳에 어떤 짐승이 있나이까?"

웅이 놀라 물었다.

"다름이 아니라 내 집에 매우 늙고 삐쩍 마른 암말이 있는데, 날이 새면 산에 놓아길렀다. 하루는 천지가 진동하며 산중이 요란하거늘, 이상히 여겨 말을 찾아가 살펴보니, 말은 보이지 않고 오색구름이 산에 가득하여 지척을 분별하지 못하겠더라. 한참 후에 우렛소리 그치고 구름이 걷히자 말이 젖은 채 정신을 놓고 서 있거늘, 진정하여 말을 이끌고 집에 와 여물과 죽을 먹였다. 새끼를 배어 낳으니, 몇 달이 못 되어 어미는 죽고 새끼는 살았으나, 사람이 마음대로 이끌지 못했다. 점점 자람에 사람이 근처에 가지 못하고 날이 새면 산중에 숨고 밤이면 마구간에서 자고 새벽바람에 고함지르며 나가니 사람이 다칠까 걱정이로다."

도사의 말을 듣고 웅이 다시 보니, 높고 높은 절벽을 나는 듯이 오르내리는데, 날개 달린 호랑이라도 당하지 못할 정도였다. 한참 후에 말이 들어오거늘 웅이 내달아 소리를 크게 지르니 말이 가만히 보다가 머리를 들고 발굽을 치며 공손했다.

웅이 경계하여,

"사람과 말이 한가지라. 네 임자를 모르겠느냐?"

소리치니, 말이 고개를 들고 냄새를 맡고 꼬리를 치며 반기는 듯했다. 웅이 몹시 기뻐하며 목을 안고 굴레를 얽어매어 마구간에 매고 도사에게 청했다.

"이 말의 값을 따져 보면 얼마나 하나이까?"

도사가 말했다.

"하늘이 이 같은 명마名馬를 내심에 반드시 임자가 있거늘, 이는 그대의 말이라. 남의 보배를 내 어찌 값을 따져 말하겠는가? 임자 없는 말이 혹시나 사람을 다치게 할까 염려하였더니, 오늘 그대에게 전하게 되니 실로 다행이로다."

"도덕 높은 문하에 받아 주신 은혜 망극한데, 천금의 준마까지 주시니 그 은혜를 더욱 잊기 어렵사옵니다."

"곤궁함도 그대의 운수요, 영귀함도 그대의 운수라. 어찌 나의 은혜라 하리오?"

웅은 도사를 더욱 공경하며 도술을 배웠다. 1년이 지나자 신통한 묘술을 통달通達하니 진실로 눈을 씻고 다시 볼 정도였다.

내 사랑 장소저

하루는 조웅이 천관도사에게 청을 했다.

"객지에 어머니를 두고 떠나왔사오니, 잠깐 가서 어머니를 뵙고 근심을 덜어 드리고 돌아올까 합니다."

"부디 빨리 돌아오너라."

도사가 허락하니, 웅이 하직 인사했다.

말을 이끌고 사립문 밖으로 나와 올라타고는 채찍질을 한 번 하니, 달리는 것 같지 않은데 날개를 달고 공중에 나는 듯했다. 순식간에 칠백 리 강호에 이르니, 아직 해가 지지 않았는데도 매우 피곤했다. 주막을 찾으니 마침 한 사람이 길가에 있다가 데려가니 집이 아주 깨끗하고 경관이 매우 좋았다.

원래 이곳은 위나라 장진사의 집이라. 진사는 일찍 죽었고, 그 부인이 딸 하나를 두었는데, 인물이 뛰어나게 아름다울 뿐만 아니라 시 짓기와 글씨 쓰기도 잘하여 칭찬하지 않는 사람이 없었다. 어머니인 위부인은 딸에게 뒤지지 않는 출중한 사위를 얻고자 손님이 쉬어갈 집을 깨끗하게 짓고 왕래하는 이를 불러 인물을 구경하곤 했다.

이 날 웅이 안채에 나아가 주인을 부르니, 시중드는 계집종이 나와 아주 예의바르게 손님을 맞이했다. 웅이 마음속으로 기특히 여기는데, 위부인이 뒤채에 손님이 왔다는 말을 듣고 계집종을 불러 손님이 어떠하더냐고 물었다.

"지나가는 어린아이이옵니다."

계집종의 말에 위부인이 탄식하여 말했다.

"세월이 물같이 흘러 딸자식의 나이가 열여섯이라. 저에 맞는 짝을 찾을 길이 없구나."

"불효자식을 생각하지 마시고 천금같은 몸을 돌보소서."

장소저가 온갖 방법으로 위부인을 위로했다.

웅이 혼자 뒤채에서 생각하기를,

'이 집안 깊숙이 빼어난 미인을 두고 인재를 구한다더니 끝내 나를 몰라보는구나! 귀하고 좋은 형산의 백옥이 돌 속에 묻혀 있는 줄을 보는 눈이 없으니 어찌 알리오?'

하며, 어둔 밤 밝은 달 아래서 시를 읊으며 노래도 불렀다. 한참 후에 안에서 맑고 깨끗한 거문고 소리가 들려왔다. 반겨 들으니 그 곡조는 이러했다.

나무를 베어 손님 쉬실 집을 지은 뜻은 인재를 보려 함이었더니,

영웅은 간데없고 빌어먹는 손님만 많이 왔다.

오동나무를 베어 거문고와 비파를 만든 뜻은 원앙새를 보려 함이었더니,

원앙새는 오지 않고 까마귀와 참새만 지저귄다.

아이야, 잔 잡아 술 부어라. 마음속 근심을 지워 볼까 하노라.

노래를 듣자 몸과 마음이 맑아져 웅이 혼자 즐거워하며 말했다.

'이 곡조를 들으니 분명 신통한 사람이로다. 내 어찌 상대하지 않으리오.'

거문고 소리가 그친 뒤 짐 속에서 퉁소를 꺼내어 달빛 아래서 구슬프게 불었다. 위부인과 장소저가 퉁소 소리에 크게 놀라 급히 중문에 나와 들으니 뒤채에서 부는지라. 그 소리 높이 울려 퍼지니 마치 구름 위로 날아가는 듯했다. 그 곡조는 이러했다.

십 년을 공부하여 하늘의 이치를 배운 뜻은

달나라 궁전에 솟아올라 항아 선녀를 보려 함이었더니,

속세에서 인연이 있었지만, 오작교*가 없어 은하수에 오르기 어렵도다.

대나무를 베어 통소를 만든 뜻은 달 속 두꺼비를 보려 함이었더니,

달빛 아래 슬피 분들 이 소리를 뉘라서 알겠는가?

두어라, 알아 줄 이 없으니 나그네의 근심을 위로할까 하노라.

　다 듣고 나자 위부인과 장소저의 마음이 상쾌해지는 것이 마치 하늘에 오를 듯했다. 문에 비스듬히 서서 그 아이를 보니 얼굴이 빼어나게 잘생기고 거동이 남다른 것이 보던 중에 으뜸이었다.

　"옛 성인이 태어나심에 기린이 나타나고, 우리 딸 경아가 태어남에 영웅이 났도다."

　위부인이 기뻐 말하니, 장소저가 부끄러워하며 일어나 별채로 갔다. 등불을 밝히고 침상에 기대 잠깐 조는데, 비몽사몽간에 아버지가 나타나 이르셨다.

　"너와 평생을 함께 할 배필을 데려왔으니, 오늘 밤에 좋은 인연을 맺도록 하라. 천지에 집 없이 떠도는 나그네인지라 한 번 가면 다시 만나기 어려울 것이라."

　그러고는 장소저의 손을 잡고 밖으로 데리고 나왔다. 장소저가 아버지께 이끌려 뒤채로 나오니, 누런 용이 오색구름에 휩싸여 일곱별을 희롱하다가 머리를 들더니 장소저를 바라본다. 장소저가 놀라 안으로 급히 들어가니, 그 용이 따라와 장소저의 소매를 물고 방으로 들어와서 장소저의 몸을 감았다. 장소저가 소스라쳐 깨니 평생에 한 번 꿀까 말까 할 길몽吉夢이라. 몸에 땀이 나 옷이 젖었거늘, 잠시 후 진정하여 벽에 기록하고는 시를 읊었다.

웅은 퉁소 불기를 그치고 달빛 아래 왔다 갔다 하며 무슨 소식이 있을까 기다리는데 아무런 기미가 없자 스스로 탄식했다.

"다만 거문고 곡조만 알 따름이요, 퉁소 곡조는 모르는구나! 평범한 나그네의 퉁소 소리로만 아는 것 같으니 애달프도다."

잠시 후에 시 읊는 소리가 공중에서 들리는데, 마치 산호 부채로 옥쟁반을 두드리는 듯 맑고 아름다웠다. 웅이 들뜬 마음을 이기지 못하여 중문을 열고 후원에 들어가니 인적은 고요하고 달빛은 은은했다. 후원 별당에 등불이 영롱한데 시 읊는 소리 나는지라. 조용히 방문을 열고 슬그머니 들어가 앉아 사방을 둘러보니 방 안에 병풍屛風이 둘러쳐 있었다. 시를 읊던 장소저는 침상에 기대 있다가 웅을 보고 몹시 놀라 비단 이불을 덮어쓰며 온몸을 감춘다. 웅이 등불 아래 앉아 예의를 갖추고 말했다.

"소저는 놀라지 마시오. 나는 뒤채에 묵고 있는 나그네요. 객지에서 달 밝은 밤을 맞으니 걱정이 많아 이리저리 거닐다가 시 읊는 소리 들리기에 이 댁의 도령인가 하여 함께 시를 읊고자 들어왔소이다. 이렇게 은밀한 방 안에서 남녀가 서로 만났사오니, 내 어찌하여야 할지 알려 주소서."

비단 이불 속에서 아무리 생각해도 피할 길이 없자 장소저가 마지못해 대답했다.

"하늘과 땅이 나뉘어 서로 가리는 것이 있고, 예절이 아직 끊어지지 아니하였습니다. 어찌 목숨을 돌보지 않고 이렇듯 죄를 범하시옵니까? 빨리 나가서 목숨을 보존하소서."

"꽃을 본 나비가 불인 줄 어찌 알며, 물을 본 기러기가 어부를 어찌 두려워하리오? 목숨을 아긴다면 이렇듯 무례하게 행동하겠소? 소저는 눈같이 깨

---

* 오작교(烏鵲橋) | 칠월 칠석 저녁에 견우와 직녀를 만나게 하려고 까마귀와 까치가 은하수에 놓는다는 다리.

꿋한 절개를 잠깐 굽혀 외로운 나그네를 맞아 주는 것이 어떻겠소?"

웅이 다가앉으니, 일이 매우 다급한지라. 잠시 생각하다가 장소저가 사정하며 말했다.

"얌전하고 정숙한 여자는 군자의 좋은 짝이라고 합니다. 소녀인들 어찌 빈방에서 혼자 있기를 좋아하겠습니까? 하지만 소녀는 대대로 훌륭한 가문의 후손인지라. 부모의 명령이 없었고 혼인의 절차를 갖추지 못하였사오니, 어찌 몸을 허락하여 조상님께 죄인이 되겠습니까? 가문을 욕되게 하고 어찌 살기를 바라겠습니까? 바라옵건대 마음을 돌이켜 돌아가 뒷날을 기약하소서."

웅이 들으니 말은 당연하나 사랑하는 마음 때문에 부끄러움을 잃었으니 예절을 어찌 따지리오.

"훌륭한 가문의 후손 중에도 남의 집 여자를 욕심내어 몰래 담을 넘는 경우가 있었소. 부모의 명령과 혼인의 절차는 왕이나 부귀한 사람들의 호사스런 사치일 뿐이오. 나는 혈혈단신孑孑單身 혼자 몸인데 어찌 혼인의 절차를 지키겠소? 다만 내 자신이 중매쟁이가 되고, 이렇게 서로 만난 것을 혼인의 절차로 삼아 그대와 혼인을 약속코자 하나이다."

그러고는 비단 이불 속으로 들어가니 조그마한 모기가 태산을 짊어진 꼴이요, 그물에 든 고기라. 원앙새와 비취새의 즐거움을 뉘라서 막으리오. 인연을 맺었으니 도망하기 어렵도다.

"함부로 방 밖으로 나다니지도 못하는 처자의 몸이요, 명문 사대부의 후손으로서 이렇듯 죄인이 되어 가문에 욕을 끼치니 살아서 무엇하겠습니까?"

장소저가 탄식하며 슬피 울자, 웅이 위로했다.

"나도 어찌 죄인이 아니겠소? 부모에게 고하지도 않고 부인을 맞았으니 이 같은 불효가 어디 있겠소. 하지만 거문고 한 곡조를 퉁소로 화답하니 어찌 하늘이 맺어 준 인연이 아니리오? 하늘이 정하신 것이라, 어찌 내 마음대로 이곳에 왔겠소?"

은근한 정으로 밤을 지내니, 어느덧 멀리서 닭 우는 소리가 들렸다. 웅이 일어나자 장소저가 말했다.

"어머니께서 낭군을 보려 하시니 오늘은 머물러 어머니를 보시고 훗날 가소서."

"내가 어머니를 천 리 밖에 두고 떠난 지 3년이오. 하루가 마치 3년과도 같으니 어찌 잠깐인들 머물러 있으리오?"

웅의 말에 장소저가 옷자락을 붙들고 슬피 울며 말했다.

"낭군께서 이번에 가시면 소식을 어떻게 알 수 있으리오. 사람의 앞일은 모르는 것입니다. 다음에 만날 때 증거로 삼을 것이 없사오니 징표가 될 신물信物을 하나 주소서."

웅도 옳은 말이라 생각했으나 행장에 가진 것이 없고 다만 손에 부채뿐이라. 부채를 펴 글 두어 구를 썼다.

"이것으로 뒷날 신표를 삼으소서."

소저의 거문고에 퉁소로 화답하고
고요하고 깊은 처자 방으로 미친 사내가 들어갔네.
멋진 풍류객은 뉘 집 아이인가?
장씨의 꽃다운 인연 조웅이 분명하다.
아름다운 무늬 새긴 휘장 친 푸른 벽에 도포를 걸고
예도 갖추지 않고 아름다운 여인을 희롱했네.
새벽바람 두어 마디에 눈물로 이별하니,
소식이 아득하여 다시 만날 날 기약하지 못하네.

웅은 장소저와 작별하고 말을 채찍질하며 달려 나갔다. 소저가 문에 기대어 가는 모습을 보니, 천리준마에 날아오를 듯 높이 앉은 모습이 마치 광풍에 흘러가는 한 조각 구름 같은지라.

이 날 밤에 위부인이 꿈을 꾸었는데, 커다란 용이 별당에 들어가더니 장소저를 업고 구름 속으로 올라갔다. 놀라 발을 동동 구르며 장소저를 부르다가 그 소리에 놀라 일어나니 한바탕 꿈이라. 급히 창문을 열고 밖을 내다보니 이미 날이 밝았다. 일어나 별당에 가니 장소저가 잠을 깊이 자고 있기에 깨우고는 물었다.

"날이 밝았는데 무슨 잠을 자느냐?"

장소저가 놀라 일어나 대답했다.

"어찌 이렇게 일찍 일어나셨나이까?"

"네 거동이 정신없어 보이는구나. 몸이 피곤하냐?"

"간밤에 달빛을 구경하고 잤더니 자연히 피곤한 것 같습니다."

"달빛을 오래도록 보면 병이 되느니라. 너는 어찌 이리도 어리석단 말이냐?"

위부인이 바깥채로 음식을 내보내려 하니 계집종이 말했다.

"바깥채의 손님은 벌써 가고 없나이다."

위부인이 매우 놀라 물었다.

"어느 때에 갔느냐?"

"언제 갔는지 모르나이다."

계집종이 대답했다.

"너희가 대접을 잘 못하기에 말도 하지 않고 갔도다."

위부인이 종을 불러 명했다.

"행여 멀리 가지 않았으면 바삐 나가 데려오라."

종이 급히 달려가 높은 곳에 올라가서 본들, 천리준마를 탔으니 어찌 찾을 수 있으리오. 간 곳이 아득한지라. 돌아와서 사연을 아뢰니 위부인이 낙심했다.

"나의 팔자 참으로 덧없구나. 몇 해를 걱정하여 그런 인재를 만났다가 이렇게 떠나보냈으니 내가 살 마음이 없도다."

"어머니는 근심하지 마옵소서. 그 사람이 우리 집과 인연이 있으면 갔다 한들 어찌 다시 소식이 없겠습니까? 세상일이 뜻대로만은 못하는 것이니 너무 마음 쓰지 마옵소서."

위부인이 슬퍼하자 장소저가 여러 차례 위로했다.

천관도사의 예언

왕부인은 웅을 보내고 밤낮으로 생각하며 잘 먹지도 자지도 못했다. 중들의 위로를 받으며 세월을 보내는데, 하루는 월경대사가 왕부인에게 말했다.

"부인은 근심하지 마옵소서. 공자께서 어진 선생을 만나 몸을 의지하고, 귀한 보배를 많이 얻었사오니 어찌 즐겁지 아니하리까."

"대사가 어찌 아시느뇨."

왕부인이 묻자 대사가 대답했다.

"지난밤 꿈에서 공자가 벽에다 무엇이라 쓰고 큰소리로 읽는 것을 보았사옵니다. 그 소리에 놀라 깬 뒤 하도 신기해 부처님 앞에 향불을 피우고 절을 하면서 그 소리를 생각해 보니, 이는 '삼달위수三達渭水 양득천지兩得天池'라. 소승이 즉시 점괘를 풀어 보니, '삼달위수'는 위수에서 고기 낚던 강태공과 같은 선생을 만났다는 것이요, '양득천지'는 천지에서 명마와 보검을 얻었음을 말하는 것이라. 말과 칼을 얻고 어진 선생까지 정했사오니 무슨 걱정을 하오리까. 부인은 소승의 말을 정신 나간 소리라 꾸중하지 마옵소서. 나중에 공자를 만나면 소승의 말이 사실임을 알 것입니다. 조금도 근심하지 마옵소서."

"대사의 말씀과 같다면야 무슨 염려하겠소."

왕부인이 매우 기뻐하셨다.

하루는 왕부인이 꿈을 꾸는데, 호랑이를 안고 있는데도 무섭지가 않았다.

놀라 잠을 깬 후 대사를 불러 꿈 얘기를 들려주니, 대사가 매우 기뻐했다.

"공자가 곧 오시나이다."

왕부인이 까닭을 물으니 대사가 일러 주었다.

"흉즉길凶卽吉이라, 꿈은 반대이옵니다. 호랑이 호虎자는 좋을 호好자와 통하니 이제 부인께 좋은 일이 있을 것이옵니다. 분명 공자를 만날 꿈이오니 어찌 즐겁지 아니하리까?"

"언제 만나 보리까?"

왕부인이 기뻐하며 묻자 대사가 한참 동안 생각하다 매우 기뻐하며 말했다.

"공자가 지금 백 리 안에 있사오니 오늘 저녁이면 만나 볼 것입니다."

"분명 그렇다면 나와 평생 내기를 하십시다."

대사가 이를 허락하고 왕부인을 모시고 석문에 나와 기다리니, 문득 절 입구의 작은 길에 들어오는 소리가 요란했다. 천리마 위에 날아오를 듯 앉아 채찍을 들고 구름을 헤치며 들어오는 사람이 있거늘, 왕부인과 대사가 보니 과연 공자라.

웅은 부인과 대사를 보고 반가워 말에서 내려 땅에 엎드렸다. 부인도 웅을 붙들고 기뻐 눈물을 흘리며 어찌할 줄 몰랐다. 대사가 부인을 진정시키니 웅이 다시 절을 했다.

"어머님께서는 그사이 별고 없으셨사옵니까?"

"나는 잘 있었도다. 네 그사이 어디 가 머물렀으며, 저 말과 칼은 어디에서 얻었느냐?"

웅이 칼과 말을 얻은 내력과 도사를 만나 머물던 사연을 차례로 말씀드리니, 부인과 대사가 듣고 매우 놀라며 기뻐했다.

"이는 하늘이 인도하심이라. 나는 네가 떠난 뒤 너만을 생각했도다. 일 년

내내 하루 한 시각인들 어찌 너를 잊었으리오. 그럭저럭 지내는데 지난달에 대사가 한 꿈을 꾸고 나도 어제 한 꿈을 꾸어 너 오는 줄 알고 나와 기다렸도다. 그러나 과연 오늘 만날 줄을 어찌 알았으리오."

웅이 대사와 중들에게 감사의 인사를 드렸다.

"불효막심한 사람의 근심을 대신해 여러 해 동안 수고하셨으니, 그 큰 은혜를 어찌 다 갚으리까?"

"지난 사연을 말하자면 한이 없사옵니다. 그러나 공자가 만 리 밖에 나가 일 년 남짓 다니시다가 무사히 돌아오시니 어찌 즐겁지 아니하리오."

대사의 말에 모두 반기며 한없이 기뻐했다.

하루는 중들이 큰 잔치를 열고 왕부인과 웅을 윗자리에 앉히더니 아뢰었다.

"소승들이 가난하여 부인의 은혜를 조금도 갚지 못하는 것이 한이었사옵니다. 오늘 부인께서 그동안 그리워하시던 공자를 만났으니 이런 경사가 어디 있사옵니까. 저희가 약간의 음식을 준비하여 마음을 위로하고자 하나이다."

중들이 경쇠를 치며 일어나 두 번 절하며 즐거워했다.

"스님의 넓으신 덕으로 갈 곳 없는 사람을 여러 해 동안 보살펴 주신 은혜 망극하온데, 이토록 염려하시며 대접해 주시니 도리어 불편하여 머무르기 염치없나이다."

왕부인과 웅이 일어나며 인사하니, 중들도 더욱 감사했다.

세월이 물처럼 흘러 웅의 나이 열여섯이 되었다. 하루는 왕부인이 웅을 보고는 근심스레 말씀하셨다.

"네 이만큼 컸으되 혼자 몸으로 만리타국에 이름 없이 사는 걸인 신세라.

누가 나를 위해 중매쟁이 되어 너의 짝을 맺어 주리오. 슬프다! 흐르는 세월이 늙은이의 죽음을 재촉하는구나. 살아생전에 네 짝을 보지 못할까 근심하노라."

눈물이 왕부인의 얼굴에 흘러내리니, 웅이 슬픔을 감추고 위로했다.

"어머니는 슬퍼하지 마옵소서. 천지간 만물이 혼자 사는 일이 없사오니, 사람이 설마 짝이 없으리까?"

땅에 엎드려 느닷없이 불효자에게 죄줄 것을 청했다.

"우리 모자 모두 죄인이라. 마음이 상해 숲에 앉아 있는 새와 같거늘, 네 나가 무슨 죄를 지었느뇨?"

왕부인이 놀라서 물었다.

"어찌 남에게 죄를 지었겠사옵니까? 어머님께 불효막심한 일이 있사옵니다. 소자 도사를 떠나옵고……."

웅이 강호에서 장소저를 만난 사연을 아뢰니, 왕부인이 매우 기뻐했다.

"죄 짓고는 못 산다는 말이 옳도다. 본디 약한 마음에 무슨 죄를 지었겠느냐? 미리 겁먹고 놀랬도다."

왕부인이 다시 물었다.

"장소저를 보지 못하였으나 네 말을 들으니 참으로 네 짝이로다. 이 또한 하늘이 시키심이라. 어찌 사람의 힘으로 얻었으리오. 그러나 우리 형편이 지금 이러하니 어찌 예절을 따지겠느냐. 죄 될 것이 없으니 조금도 걱정 마라."

또 그동안의 사정과 장소저의 가문에 대해 물으셨다. 웅이 그간에 있었던 일을 자세히 아뢰니, 왕부인과 중들이 다 듣고는 기이하게 여기며 칭찬했다.

"하늘이 인도하심이라. 어찌 기특하지 아니하리오."

"이전에 했던 소승의 말이 이제야 증명되었사옵니다."

칠십육

대사의 말에 왕부인이 칭찬했다.

"어리석은 사람의 생각이 어찌 대사의 신기한 능력을 알 스 있으리오."

왕부인이 항복하더라.

웅이 대사에게 신통한 술법을 배우며 지낸 지 이럭저럭 3년이 되었다. 하루는 웅이 부인께 아뢰었다.

"소자 처음에 이리 올 때 선생께 돌아갈 약속을 하고 왔사옵니다. 이제 어머님 슬하를 잠깐 떠나 선생께 다녀오려고 하옵니다."

"그리운 마음을 다 풀지 못했는데 또 가려 하니, 네 말은 당연하나 마음이 안타깝구나. 사람의 일은 모르는 법이다. 네 만일 늦으면 어디로 가 너를 찾으리오."

왕부인이 슬퍼하며 말하자 대사가 위로하며 안심시켰다.

"부인은 조금도 염려치 마옵소서. 공자가 가려는 곳을 소승이 알고 있나이다."

왕부인이 이미 대사의 신기한 능력을 아는지라, 이 말을 듣고는 허락했다.

"만일 대사가 아니었다면 어찌 객지에 살면서 우리 모자가 서로 헤어질 수 있으리오. 부디 네 선생을 뵙고 어서 돌아오라."

웅이 하직하고 말을 달려 여러 날 만에 관산에 이르니, 이전에 보던 산천이 반기는 듯했다. 돌문 앞에 다다르니 동자가 마중 나와 두 손을 마주 잡고 인사했다. 들어가 선생을 뵈니 못내 반기셨다.

"믿을 만한 사람이로다. 약속을 잊지 아니하니 기특하도다. 어머님은 평안하시더냐?"

웅이 일어나 절하니, 천관도사가 웃으며 말했다.

"그대 거동이 전과 다른지라, 분명 혼인할 사람을 정했는가 싶으니 기쁘도다."

웅이 부끄러워하며 땅에 엎드려 죄를 청했다.

"선생께 큰 죄를 지었사옵니다. 어찌 스승과 제자 사이의 의리를 안다고 할 수 있겠사옵니까?"

무수히 머리를 숙이며 사죄하니, 도사가 웅의 손을 잡고 위로했다.

"하늘이 지시하여 인도한 것이니 어찌 불효라 하겠느냐. 나는 다 알고 있으니 조금도 부끄러워 마라."

웅은 선생을 모시고 신통한 술법을 배웠다.

"그대 문필文筆은 두루 쓰기에 넉넉하다. 또 요긴한 책이 있으니 이를 공부하라."

도사가 육도삼략*을 주고 장수로서의 지략智略을 가르치니, 한 번 보면 잊지 아니하였다. 모르는 것이 없으니 더욱 사랑하여 밤낮으로 가르쳤다.

어느 날 도사가 밝은 달밤에 웅을 데리고 큰 바위에 올라 천도*를 의논하다가 웅에게 말했다.

"네 저 하늘의 별이 보이느냐? 하늘의 뜻이 저 별에 나타나 밝게 비추고 있도다. 앞으로 송나라를 네 손으로 구하리로다."

웅이 마음속으로 기뻐하며 스스로 대견해했다.

다음 날 새벽에 도사가 웅의 관상을 보고 몹시 놀라 말했다.

"너의 상을 보니 앞으로 큰 근심이 있을 것이로다."

웅이 매우 놀라며 그 까닭을 물었다.

"그대 처가妻家에 죽게 된 사람이 있으니, 이것을 가지고 바삐 가 구하라."

환약丸藥 세 개를 주니, 웅이 약을 받아서 말을 몰아 급히 강호로 달려갔다.

장소저는 웅을 보내고 행방을 알 수 없자, 병이 났다. 장소저가 누워 일어나지 못하니 위부인이 놀라고 두려워 의원을 부르고 약을 먹이며 치료하였으나, 온갖 약을 써도 효험效驗이 없었다. 부인이 하늘에 기도하며 애걸하나 약이 없으니 누가 살려 내리오. 불쌍한 목숨이 얼마 남지 아니하였는지라.

이 날 웅이 말을 타고 장진사 댁에 이르니, 은은한 울음소리 안에서 나며 종들이 분주했다. 웅이 더욱 놀라 계집종을 불러 물으니, 계집종이 웅의 낯이 익은지라, 경황 중에도 반가워 말했다.

"지금 소저의 병환이 극히 위중하와 죽게 되었사옵니다. 매정하오나 손님은 다른 곳에 거처를 정하소서."

"네 들어가서 부인께 아뢰라. 내 지나는 나그네나 의약醫藥을 아나니, 병세를 자세히 알아 오면 살릴 방도가 있으니 그대로 아뢰어라."

계집종이 들어가 위부인에게 아뢰었다.

"아무 때 왔던 수재가 밖에 와 이리이리 말하나이다."

위부인이 울음을 그치고 반가워했다. 계집종에게 객실을 깨끗이 치우고 잘 대접하라 하고 병세를 적어 보내니, 웅이 이를 보고 가져온 환약을 내어 주었다.

"이 약을 먹으면 차도가 있을 것이다. 즉시 음식을 자주 권하라."

계집종이 약을 드리고 말씀을 전하니, 위부인이 그 약을 갈아 장소저를 흔들어 먹였다. 그러자 과연 깨어나 음식을 청했다. 위부인이 매우 기뻐 음식을 권하고는 바깥채에 나와 웅의 손을 잡고 무수히 감사했다.

"지난번 떠날 때 그대를 못 본 것이 지금까지 한이 되었도다. 이렇듯 위급

---

* 육도삼략(六韜三略) | 중국 고대 병법 책에서 가장 뛰어난 『무경칠서(武經七書)』 중 『육도(六韜)』와 『삼략(三略)』을 말한다.
* 천도(天道) | 하늘의 법. 우주의 자연적 질서나 인간의 도덕적 삶의 원리를 말한다.

한 때에 죽을 목숨을 살려 주니, 그대는 진실로 우리 집 은인이라. 공자께 정 녕 부탁할 말이 있도다. 우리 집에 시집갈 딸이 있으되 부족한 점이 많아 아 직 마땅한 배필을 정하지 못하였도다. 이제 공자에게 내 딸의 일생을 부탁 코자 하나니, 공자는 거절하여 나의 바람을 저버리지 마라.'

"이리저리 떠돌아다니는 걸인에게 이같이 감격한 말씀으로 부탁하시니 감히 사양하지 못하겠사옵니다. 제 어머니가 계시오니 돌아가 즉시 여쭙고 소식을 전하겠사옵니다."

웅의 말에 부인이 못내 기뻐하나 그 시간이 더딤을 한탄하였다.

이튿날 웅이 하직하고 떠나려 하니, 부인이 못내 아쉬워했다.

"소식을 어서 알게 하라."

그러고는 계란만한 구슬 한 쌍을 주었다.

"사람의 앞일은 알 수 없고 나는 아들이 없으니, 나의 몸도 그대에게 맡기 노라. 이것은 나의 소중한 보물이니 신물로 알고 굳게 간수하라."

웅이 이를 받아 관산으로 돌아와 도사에게 보였다.

"그대가 아니었던들 하마터면 위태로울 뻔했도다."

"선생이 아니었더라면 소인이 어찌 살렸겠습니까?"

웅이 도사에게 무수히 감사했다.

하루는 천관도사가 웅을 데리고 큰 바위에 올라 하늘의 기운을 보고 매우 놀라 말했다.

"네 저것을 아느냐? 하늘의 각 별이 차례를 정하지 못하고 있도다. 앞으로 세상이 크게 혼란해질 것이라. 지금 서번*이 강성하여 중국을 취하려고 하

* 서번(西蕃) | 중국 서쪽 변방의 오랑캐 나라.

니, 네가 형세를 보아 위나라를 돕고 이를 바탕으로 송나라를 회복하여 큰 공을 세우라."

웅이 이 말을 듣고 마음이 울적하여 말했다.

"소자의 재주로 어찌 공을 이루오리까? 화살과 돌이 비바람 치듯하는 싸움터에서 어찌 살기를 바라오리까?"

"큰 공을 이룰 것이니 조금도 염려 말고 나가 중원中原을 회복하고 평생의 원수를 갚으라."

대사의 말에 웅이 즉시 짐을 꾸려 위국으로 가는 지도를 받아 선생께 하직하니, 도사 손을 잡고 못내 아쉬워했다.

"슬프다! 이별이 오랠지라. 빨리 가서 큰 공을 이루라."

웅은 하직하고 바로 강선암으로 향했다. 여러 날 만에 강선암에 이르러 왕부인을 뵈니 왕부인이 웅을 붙들고 몹시 기뻐하셨다. 웅이 강호 장소저의 병 고친 일을 아뢰니 왕부인이 천관도사의 신기한 능력을 더욱 칭찬하셨다.

"지금 서번이 강성하와 대국을 탈취코자 하오니, 소자 비록 재주 없사오나 한번 구경코자 하나이다."

웅의 말에 왕부인이 나무랐다.

"자식을 낳아 전장에 보내고 내 어찌 살기를 바라겠는가? 너는 이러한 말을 하지 마라."

"소자인들 어머님을 외로이 두고 전장에 가기 즐겁겠사옵니까? 하지만 선생의 명령이 이러하오니 어찌하오리까."

이 말에 왕부인이 한참 생각하다 말씀하셨다.

"선생의 뜻이 그러하면 마지못하려니와, 가기는 가되 위왕은 네 부친과

항렬行列이 같고 이름은 신광이니, 먼저 위왕을 도와 큰 공을 이루고 돌아와 내 얼굴을 다시 보라."

웅이 하직하고 도사가 가리킨 길로 삼척장검을 들고 천리마를 타고 나가니, 눈 아래로 태산이 구름 같은지라. 능히 당할 자 누가 있으리오.

서번을 물리치다

종일토록 가는데 인가人家도, 쉴 만한 곳도 없었다. 말을 이끌고 돌길을 따라 정처 없이 가는데 개 짖는 소리가 들렸다. 반겨 찾아가니 두세 채 인가에서 솔불을 밝히고 농사짓는 일을 의논하고 있었다. 사립문을 두드려 주인을 찾으니 한 노인이 나와 맞이했다. 객실에 들어가 예의를 갖추어 인사를 하고 그 집을 살펴보니 빈집이었다.

"집이 어찌 비었나이까?"

"손님이 오면 머무를 데가 없어 이 집을 지었나이다."

그러고는 노인이 저녁밥을 서둘러 올렸다.

밥을 다 먹고 등불을 밝히고 병서兵書를 보는데, 삼경*이 채 못 되어 아리따운 한 여인이 푸른 치마, 붉은 저고리에 달 모양의 패牌를 차고 들어왔다.

"네 어인 계집이 깊은 밤에 남자를 찾아다니는고?"

"첩은 이 마을에 사옵니다. 장군 행차가 적막하기로 위로코자 왔나이다."

웅이 분명히 귀신인 줄을 알고 귀신 쫓는 주문을 외우니 그 미인이 과연 울면서 나갔다. 웅이 마음이 어지러워 잠을 이루지 못하여 병서를 외우니, 삼경이 지나자 광풍이 일어나며 흙과 돌이 날리고 나무가 부러지고 천지가 뒤집어지는 듯하며 문이 저절로 닫혔다 열렸다 했다. 웅이 놀라 진정치 못하고 있는데, 잠시 후 밖에서 행차 소리 나며 한 대장이 들어왔다. 자세히 보

* 삼경(三更) | 하룻밤을 다섯으로 나눈 셋째 부분. 밤 열한 시에서 새벽 한 시 사이를 말한다.

니 팔 척 큰 키에 갑옷을 입고 삼척검을 높이 들었다. 책상머리에 의연하게 걸터앉는데, 한 번 보고는 다시 보기 어려운지라. 웅이 눈을 부릅뜨고 칼을 빼어 책상을 치며 우레 같은 소리를 벼락치듯 질러 댔다.

"악한 것은 결코 바른 것을 범하지 못하는 법이거늘, 네 어떤 흉측한 귀신이기에 당돌히 대장부 앞으로 들어오느냐?"

이 말에 그 장군이 놀라 일어나 멀리 앉았다. 다시 고함치며 칼을 들고 냅다 치니 그 장군이 놀라 도망했다. 웅이 몸과 마음이 어지러워 잠을 이루지 못하고 등불 아래에 앉아 있는데, 잠시 후 한 사람이 의관을 단정히 갖추고 검은 띠를 두르고 들어와 인사했다. 웅이 답례하고 물었다.

"어두운 밤에는 사람과 귀신을 분별하지 못하거늘, 가슴속에 무슨 원한이 있어 야심한 밤에 왔나이까?"

"나는 본디 호탕한 사람으로, 장수의 재질이 약간 있어 전장에 다녔습니다. 그런데 끝내 뜻을 이루지 못하고 죽어 귀신이 되었사오니 어찌 원한이 없으리까. 아까 갑옷을 입고 나타났던 것은 장군을 시험해 보고자 한 것이옵니다. 뜻밖에 장군을 만나니 이는 나의 원한을 풀어 낼 수 있는 기회라, 어찌 즐겁지 않겠사옵니까. 그 미인은 내가 평생 사랑한 첩이옵니다."

문을 열고 부르니, 미인이 갑옷과 삼척검을 안고 들어와 앉았다.

"이 갑옷과 칼로 뜻을 이루어 소장의 오랜 세월 쌓인 원한을 씻어 주시면 그 은혜 백골이 되어도 잊지 못할 것이라. 돌아오시는 길에 갑옷과 칼을 무덤 앞에 묻어 주소서."

미인과 함께 일어나 인사하고 물러가는지라. 웅이 괴이하게 여겨 날 새기를 기다렸다가 보니 순금 갑옷과 삼척검이 놓여 있었다.

웅이 노인을 불러 물었다.

"근처에 무슨 무덤이 있느냐?"

"마을 뒤에 옛 장수의 무덤이 있나이다."

노인의 말을 듣고 웅이 나아가 보니 무덤 앞에 비석을 세웠으되 '관서장군 황달의 묘'라 쓰여 있었고, 왼편에 작은 무덤이 있으되 '위부인 월랑의 묘'라 쓰여 있었다. 웅이 불쌍히 여겨 갑옷과 칼을 가지고 위나라로 향하니, 마음에 호랑이가 날개를 얻은 듯했다.

여러 날 만에 위나라에 이르러 보니, 백 리 모래사장에 진을 쳤는데, 서번은 산을 등지고 진을 쳤고, 위국은 강을 등지고 진을 쳤다. 서번의 진 친 형세를 보니 형세가 철통 같고 장수도 많은지라. 진을 마주한 지 한 달 동안 날마다 서번이 승리하고 위국은 대패하여 매우 위태로웠다.

진 앞에 안개 자욱하며 양 진이 싸우거늘, 용이 여의주를 다투는 듯 십여 합에 서번 장수의 칼이 번쩍하며 위국 장수의 머리가 떨어졌다.

"위국 장수는 빨리 나와 칼을 받으라."

서번의 장수가 기세등등하여 위국 진 앞을 마음대로 다니며 외쳐 댔다. 외치는 소리가 양 진 중에 진동하는데, 위진은 형세 매우 어려워 장수가 하나도 없고 군사도 모두 기진맥진氣盡脈盡하여 당할 자 없는지라.

위왕이 통곡하며 항복하는 문서를 써 후군장을 주어 번진으로 보내니, 번장이 진 앞에서 제멋대로 왔다 갔다 하다가 후군장을 보고 달려들었다. 후군장이 놀라고 두려워 항복 문서를 황급히 올리니, 번장이 이를 보고 매우 화를 냈다.

"네 왕이 앉아서 당돌히 항복 문서를 보내고 목을 들이지 아니하니 매우 절통한 일이다. 우선 네 머리를 베어 분함을 씻으리라."

칼을 날려 빛이 한 번 번쩍하니 후군장의 머리가 말 아래 떨어졌다. 번장이 칼로 머리를 꿰어 들고 춤추며 진 앞을 왔다 갔다 하니, 위왕이 어쩔 줄 몰라 자결코자 하는지라.

조웅이 보다가 분한 마음을 이기지 못했다. 갑옷을 갖춰 입고 삼척검을 비껴들고 천리준마 위에 날아오를 듯이 앉아, 나는 듯이 진중에 들어가 우레 같은 소리를 벼락같이 외쳐 댔다.

"번장은 빨리 나와 내 칼을 받으라."

조웅이 외치는 소리에 천지가 진동하니, 양 진 장졸將卒이 겁나고 두려워 손발을 놀리지 못하는지라. 바로 번진을 향해 돌진하여 맞서 싸우니, 몇 번 겨루지 아니하여 조웅의 칼이 공중에 빛나며 번장의 머리가 말 아래로 떨어졌다. 머리를 꿰어 들고 춤추며 위진으로 나는 듯이 돌아오니, 위왕이 장대*에서 바라보기에 실로 꿈만 같았다. 바삐 나와 맞이한 후 장대로 오르게 해 앉히고는 수없이 칭찬했다.

웅은 장대 아래로 내려와 땅에 엎드리고는 죄를 청했다.

"소장이 위국의 장수가 아니온데 당돌히 진중에 들어와 아뢰지 아니하고 출전해 적장의 목을 베었으니, 죄를 물으소서."

"과인寡人이 생각이 없어 장군을 멀리 나가서 맞이하지 못했도다. 과인의 목숨이 오늘 다하게 되었더니, 천만뜻밖에 장군이 와 목숨을 보전하였도다. 바라건대 장군의 출신지와 이름을 알고 싶도다."

위왕의 말에 웅이 다시 땅에 엎드려 자신의 근본을 자세히 아뢰니, 왕이 크게 놀라며 웅의 손을 잡고 탄식했다.

"장군의 부친은 곧 과인의 옛 친구라. 이제 그대를 보니 벗을 만난 듯 반가우나 한편 어찌 슬프지 아니하리오. 지금껏 소식을 모른 지 오래되었도다. 어디서 이리로 왔으며, 대국大國 소식은 어떠한지 대강 말해 보라."

* 장대(將臺) | 장수들이 군사를 지휘하도록 돌 등으로 높이 쌓은 대.

웅이 눈물을 흘리며, 이두병이 송 황실을 멸하고 천자天子 된 일이며, 송태자가 태산부 계량도에 유배된 사연과 도망 다니던 곡절을 모두 아뢰니, 위왕이 듣고 기가 막혀 엎어졌다. 좌우의 신하들이 달려들어 부축하니, 왕이 진정하여 대국을 향하여 네 번 절하고 통곡했다.

"서번의 침략을 아직 물리치지 못하였사옵니다. 적을 평정하온 뒤에 하실 일이 많사오니 너무 슬퍼 마소서."

웅이 위로하자 위왕이 마음을 진정하고 승전할 계책을 의논했다.

웅이 싸움에서 이기는 것을 보고는 번왕이 크게 놀랐다.

"그 장수 어떠한 사람이뇨? 창법을 보니 실로 범상한 인물이 아니도다. 어찌 근심치 아니하리오."

장수 맹상이 앞으로 나서며 크게 소리쳤다.

"그 장수의 머리는 소장의 칼끝에 달렸사오니 전하는 마음 쓰시지 마소서."

말을 마치자 창을 꼬나들고* 말을 달려 진 밖에 내달으며 외쳐 댔다.

"적장은 빨리 나와 나의 날랜 칼을 받으라."

웅이 이 소리를 듣고 즉시 말에 올라 칼을 들고 맞서 싸우니, 마치 숲 속에서 뛰쳐나온 맹호猛虎 같은지라. 채 열 번을 겨루지 않았는데 웅의 칼이 번쩍하더니 번장의 머리가 말 아래로 떨어졌다.

"번왕은 빨리 나와 항복하라. 만일 더디면 네 머리를 베어 천하를 평정하리라."

웅이 칼을 휘두르며 춤추며 적진 앞에서 소리치니, 우레 같은 소리에 번

* 꼬나들다 | 힘 있게 손에 쥐다.

진 장졸이 놀라고 두려워 어찌할 줄을 몰랐다. 웅이 본진으로 돌아오니 위왕이 사랑하여 행여 몸이 상할까 염려했다.

웅이 싸움에서 이기자 번왕이 또다시 매우 놀라며 걱정했다.

"저 장수를 어찌하여야 사로잡으리오."

말을 마치기도 전에 좌장군 이황이 앞으로 나서며 아뢰었다.

"오늘은 소장이 나가서 적장을 사로잡아 오겠습니다."

위왕은 조웅을 대원수로 봉하고, 대장의 깃발에 금색 글자로 '대국충신위국대원수'라 쓰게 했다. 다음 날 대원수 조웅은 깃발을 진 밖에 세우고 창을 뽑아 들고 번진을 향해 말을 달리며 외쳤다.

"번왕은 빨리 나와 목을 늘이라."

웅의 소리에 천지가 진동하니, 번장 이황이 맞고함을 치며 달려 나가 맞서 싸웠다. 흙과 돌이 날리며 안개 자욱하여 양 진을 분별할 수 없는데, 뒤에서 한 장수 고함을 지르고 내달으니, 뉘 능히 이를 당하리오. 말을 몰아 합세하여 접전接戰하니, 두 마리의 용이 여의주를 다투는 모양이라, 세 장수를 분별치 못하겠더라.

수십여 합을 겨뤘으되 승부를 결정치 못하더니, 칼이 하늘에서 번쩍하고 빛나자 한 장수의 머리가 공중에서 떨어졌다. 양 진에서 다투어 살펴보니 번장 이황이라. 위진이 기세등등하여 짓쳐들어가는데, 북소리, 나팔 소리, 고함 소리에 천지가 진동했다. 다시 칼이 번쩍하면서 한 장수의 머리가 말 아래에 떨어지니 이 또한 번장의 머리라. 위진이 더욱 기세등등하여 북을 울리며 쳐들어가니, 뉘 능히 당하리오.

조원수는 두 장수의 머리를 벤 후 삼척검을 높이 들고 번진으로 말을 몰아 들어갔다. 번진으로 가서 수문장을 베어 문루* 깃대에 달고, 마치 아무도 없는 곳에 들어온 듯 좌충우돌하니, 이는 사람이 아니고 귀신이라.

주검이 산처럼 쌓이고 서로 밟혀 죽는 자 또한 무수한지라. 번진 장졸이 견디지 못하여 모두 다 도망하고, 번왕도 옷을 바꿔 입고 도망했다. 남은 장수를 잡아 결박하여 본진으로 돌아오니, 위왕이 진문에 나와 원수의 손을 잡고 장대에 올라 수없이 칭찬했다.

"이는 다 전하의 넓으신 덕이로소이다."

원수가 오히려 위왕을 위로하고 물러나와 '번진에 가서 군량軍糧과 군기軍旗를 다 거두어 오라.'고 분부하고는 결박해 온 번장 열네 명을 잡아들여 꾸짖었다.

"너희를 다 죽여야 할 것이로되 살려 보내니, 돌아가 네 왕에게 다시는 이 같은 일은 생각하지도 말라고 전하라. 돌아가라."

이마에 '패한 군대의 장수'라 새긴 뒤 놓아주니, 열네 명이 살아 돌아감을 감사하며 울며 갔다.

조원수가 중군에 분부하여 큰 잔치를 마련해 군사들을 차례대로 앉히고 음식을 먹이며 위로하니, 위왕이 탄식했다.

"원수를 일찍 만났더라면 한 명의 장수도 죽이지 아니하였을 것을……. 먼저 여덟 장수나 죽였으니 그 혼백이 불쌍하도다."

원수가 위왕을 위로했다.

"이 모두가 운수運數이니 어찌하리까. 여덟 장수의 혼령이나 위로하사이다."

그러고는 사람의 형상을 만들어 자리에 앉히고 북을 울리며 등신상* 앞에

---

* 문루(門樓) | 궁궐이나 성의 출입문 위에 올려 지은 다락집.
* 등신상(等身像) | 사람의 실제 크기와 똑같이 만든 조각상.

술을 부어 차례대로 위로하니, 술잔이 절로 마르고 자리가 움직이는지라. 장졸들이 모두 술과 고기를 배불리 먹고 취하여 혹 춤추며 혹 노래도 부르며 원수께 무수히 감사하니, 여덟 장수의 형상도 몸을 움직여 즐기는 듯했다.

잔치를 끝내고 원수가 위왕을 모시고 행군하여 본국으로 돌아옴에, 그 위엄이 가을 찬 서릿발 같고 기세가 등등했다. 번양 땅에 이르니 경치 또한 빼어났다. 태산을 등지고 진을 치고 군사를 편히 쉬게 한 뒤, 원수는 두 장수만을 데리고 산중으로 들어가 구경했다.

한 곳에 이르니 황혼 무렵이라. 불빛이 하늘로 치솟고 여러 사람이 떠드는 소리가 들리거늘, 원수와 두 장수가 놀라 가만히 수풀에 숨어 살펴보니 번진 장졸이 각각 도망하다가 이곳에 와 모여 있는 것이었다. 번왕이 소리를 낮추어 군사들을 지휘했다.

"군사들은 소리를 죽이라. 위군이 산 아래에 진을 쳤으니 우리가 있는 곳을 알면 큰 화를 당할 것이다. 위군이 피곤하여 마음을 놓고 반드시 잠을 깊이 잘 것이니, 밤이 깊은 뒤 바로 쳐들어가면 위왕과 조원수는 그물에 든 고기라. 만일 명을 어기는 자는 군법으로 다스리리라."

원수가 그 거동을 보니 가소로우나 한편으로는 분했다. 데리고 온 두 장수에게 이리이리하라 분부하니, 두 장수가 명령을 듣고 진중에 돌아와 원수의 말을 전하고 다시 원수께 보고했다.

포 소리 한 번 울리자 좌우의 복병이 일시에 달려들어 번진을 둘러쌌다. 원수는 갑옷을 갖추어 입고 칼을 들고 말에 올라 '바삐 번왕을 묶으라.' 호령했다. 번왕은 놀라 낯빛이 새파랗게 질린 채 피하지 못하고 사로잡히고, 장수들도 모두 사로잡혔다. 군사들도 도망하다가 서로 밟혀 죽는 자가 태반이었다.

원수가 번왕과 번장을 말머리에 세우고 본진으로 돌아오니, 십만 군졸이

다 놀랐다. 위왕이 깊은 잠에 들었다가 시끄럽게 떠드는 소리에 놀라 깨어 원수를 부르니, 원수가 들어와 땅에 엎드렸다.

"군사들이 어찌 이리 요란하뇨?"

"달이 밝고 날씨 서늘하오니 군사들이 밥을 지어 먹는 소리이옵니다. 또아까 이리이리하여 번왕과 번장을 잡아 밖에 대령하였나이다."

위왕이 놀라면서 매우 기뻐했다.

"이런 신기하고 장한 일이 어디 있으리오."

위왕이 원수의 칭찬을 그치지 아니했다.

번왕과 번장을 군중 속에 끌고 다니며 임금의 위엄을 보인 뒤, '번왕의 목을 매달아라.' 명령하니, 번왕이 울며 애걸했다.

"이두병이 대국을 찬탈*하여 천자 되었사오니, 나라를 걱정하는 분한 마음은 온 천하 사람이 같사옵니다. 소신도 과연 이두병을 쳐 없애고 대국을 회복하고자 군대를 일으켰사옵니다. 하오나 오늘날 대왕이 중원을 회복하려 하시니, 소신을 살려 주시면 다시 군사를 정비하여 대국을 회복하는 일을 도울 것이옵니다."

위왕과 원수가 보니 번왕의 애걸하는 모습이 그럴듯했다. 특별히 관대하게 용서하여 항복하는 문서를 받고 분부했다.

"너를 마땅히 죽여야 할 것이나 십분 참작하여 특별히 풀어 주는 것이니, 네 돌아가 위국을 배신하지 마라."

번왕이 머리를 조아리며 수없이 감사하고 돌아갔다.

위왕이 궁으로 돌아오니 황성 백성이 백 리 밖에 나와 만세를 불렀다. 또

* 찬탈(簒奪) | 나라나 왕위를 억지로 빼앗음.

한 군졸들이 각각 친척을 찾아 즐기는 소리가 도성 안에 진동했다. 궁에 돌아온 지 삼일째 되는 날 위왕이 정서문에 큰 잔치를 마련하고, 장졸을 배불리 먹이는 일과 공에 따라 상주는 일을 원수 마음대로 하라 하셨다. 원수가 정서문에 자리 잡고 앉아 위엄을 바로 세우고, 먹이고 상주는 일을 고르게 하니, 한 사람도 원망하는 이 없고 다 그 덕을 칭송했다.

잔치가 끝나고 북이 울리자 군사들을 풀어놓으며 원수가 분부했다.

"너희 군졸들아, 각각 집으로 돌아가 잘 쉬어라."

삼만 군사가 일시에 일어나 돌아갈 생각도 않고 머리를 조아리며 원수의 공덕을 무수히 치하하고, 춤추고 뛰놀며 더욱 즐기다 돌아갔다.

원수가 위왕께 아뢰니, 왕이 신하들과 원수의 공을 의논했다.

"나라는 한 사람의 나라가 아니라. 과인이 늙어 정신이 점점 쇠약해지니, 이제 위국 옥새를 원수에게 전하고자 하노라."

이 말에 원수가 황공하여 땅에 엎드려 아뢰었다.

"이곳은 신이 있을 곳이 아니옵니다. 어찌 부귀를 탐하여 고국을 배반하리까. 신의 공은 의논치 마소서."

위왕에게 하직 인사했다.

"소장이 재주 없사온데, 하늘이 도우시고 대왕이 도우시어 다행히 싸움에서 승리하였사옵니다. 돌아가신 아버님의 옛 친구를 만났사오니 아버님을 뵌 듯 즐거우나, 홀로 된 어머니를 객지에 두고 소식을 모르오니, 자식 된 도리에 어찌 잠시인들 잊으리까. 이제 태자께서 유배된 곳으로 가 태자를 모시고 어머니를 만나 뵈려 하오니, 다시 만날 날을 정하지 못하겠사옵니다."

이 말에 위왕이 더욱 놀라 말했다.

"과인도 풀지 못한 한이 있도다. 함께 가 태자를 이리로 모셔 올 것이니라."

위왕의 말에 신하들과 원수가 함께 아뢰었다.

"국내를 어찌 잠시라도 비우리까."

위왕이 그러한 줄 알고 원수에게 말했다.

"형편 때문에 함께 가지 못하니, 살아생전에 태자를 보던 죽어 지하에 가더라도 신하로서 문제를 뵈올 수 있으려니와, 그렇지 않으면 어찌 신하라 할 수 있겠는가? 슬프다! 과인이 황제의 명을 받은 신하로서 도리道理를 모르고 있도다."

그러고는 태자가 계신 곳을 향해 통곡하니 원수와 신하들이 위로했다.

"진정하옵소서. 아직 대국 소식을 모르오니 귀하신 몸을 잘 돌보소서."

위왕이 다시 원수에게 부탁했다.

"태자 이제 가실 곳이 없는지라. 모시고 이리 와 대국을 회복할 의논을 할 것이니, 부디 약속을 저버리지 말고 과인의 불충不忠을 면케 하라."

정예 군사 일천 명과 명장 수십 명을 주었다.

"먼 길에 어떤 일이 있을까 알지 못하니 약간의 장수와 군졸을 거느리고 가라."

원수는 인사하고 하직한 뒤 이 날 떠나 행군하여 태자가 귀양 간 곳으로 향했다.

강선암으로 간 장소저

장진사 부인은 조웅과 헤어진 뒤 소식을 몰라, 밤낮으로 근심하다가 병이 들었다. 위국 병란 소식을 듣고는 병란에 죽어 소식이 없는가 더욱 걱정하더니, '서번을 평정하였으니 변방 백성은 동요치 말라.' 는 공문이 내려왔다는 소식을 듣고는 위부인과 장소저 함께 기뻐했다. '서번을 평정하였으면 행여 살아 소식이 있을까.' 하며, 밤낮으로 기다렸다.

강호자사는 부인이 죽은 뒤 아직 새 부인을 정하지 못했다. 강호는 위나라 동쪽의 변방이라. 공문을 본 뒤 성문을 열고 성을 지키던 군사들을 놓아 보내고 혼인할 상대를 구하더니, 장소저의 인물됨과 용모가 뛰어나다는 말을 듣고 유모를 보내어 사실을 자세히 탐지했다.

유모가 장진사 댁에 가 위부인을 뵙고 말했다.

"이 댁 규수가 용모가 곱고 인물됨이 뛰어나다는 말을 듣고 왔사오니 한 번 보게 해주소서."

"잘못 들었도다. 내가 아둔한 딸자식을 하나 두긴 했으나, 재주 없을 뿐만 아니라 내내 병을 앓아 한 걸음도 움직이지 못하니 볼 것이 무엇 있으리오."

"그렇지 않고 용모와 인물됨이 높다는 말을 많이 듣고 왔사오니 잠깐 보게 해주소서."

유모가 조르자 위부인이 마지못해 계집종을 불러 소저에게 알렸다. 장소저는 이 말을 듣더니 매우 놀라며 말했다.

"병든 사람을 보자고 하니 괴이하도다. 자리도 편안하지 못하거늘 어찌 손님을 맞이하리오."

계집종이 나와 그대로 전했으나, 유모가 구태여 보기를 간청했다. 위부인이 끝내 물리치지 못하여 계집종에게 유모를 데리고 별당에 가라 하니, 유모를 인도하여 별당으로 들어갔다.

장소저는 누워서 글을 보다가 계집종이 유모를 데려오는 것을 보고는 깜짝 놀랐다.

"저 이는 어떠한 사람인고?"

"아까 뵙고자 하던 손님이옵니다."

"네 나를 볼 손님이 있으면 미리 기별해야 하거늘, 알리지 않고 데리고 들어오니 그런 행실이 어디 있느뇨?"

장소저가 몹시 화를 내며 계집종을 잡아내어 회초리를 친 뒤 물리치고는 즉시 이부자리에 눕더니 말했다.

"나는 병을 앓고 있는 사람이라. 오래 앉아 손님을 대접할 수 없으니 허물치 마라."

그러고는 이불로 온몸을 덮고 누워 있으니, 유모가 아무 말도 못하고 오히려 민망했다. 하지만 장소저의 거동과 얼굴을 보니 참으로 보기 드문 미인이요, 소리를 들으니 마치 옥을 깨치는 것 같았다.

유모가 매우 놀라 나와 위부인께 미안한 말을 여쭈었다.

"아이가 못나고 이렇듯 정신이 온전치 못하기로 애초에 보지 못하게 함이었으니 허물치 마라."

위부인이 계집종에게 명하여 약간의 음식을 대접하여 보냈다.

유모가 돌아와 강호자사에게 아뢰었다.

"장소저는 정말로 품위 있는 처자요 보기 드문 미인입니다. 거동과 위엄이 하나도 나무랄 데가 없더이다."

자사가 매우 기뻐하며 즉시 청혼하니, 위부인이 몹시 놀라며 걱정했다.

"이 일을 어찌할꼬."

"염려하지 마시고 다른 데 벌써 정혼定婚했음을 알려 물리치소서."

위부인이 장소저 말대로 기별하니 자사가 실망했다.

"저의 말은 정혼하였다고 하오니, 납폐*를 받았는가를 알아보소서."

자사가 유모의 말을 옳게 여겨 납폐 여부를 물으니, 위부인과 장소저 더욱 놀라 '납폐는 모일이요, 길일은 모일이라.' 속여 기별했다.

"아직 납폐를 아니하였으니 납폐를 먼저 하면 임자로다."

유모의 말에 자사가 기뻐 다시 기별했다.

아직 납폐 전이라 하니, 납폐 전 규수는 임자 없으니 내 먼저 납폐하노라. 아무 날 납폐하고 길일은 아무 날이라.

위부인이 당황하여 어찌할 줄을 모르고, 장소저는 분개하여 크게 꾸짖었다.

"남녀간에 각각 정한 임자 있거늘, 납폐 전 규수는 임자 없다 하니, 이는 짐승만도 못한 말이라. 혼인을 힘으로 겁탈하듯 한다면, 세상에 힘없는 사람은 정한 배필을 얻지 못하리로다. 세상에 이러한 일은 없으니 다시는 번거롭게 말을 꺼내지 마라."

자사가 장소저의 말을 전해 듣고 크게 분노하여 잡아다 죽이려 했으나, 유모의 말을 듣고 난 뒤부터 장소저를 사모하게 되었던지라. 이 날 다시 납폐를 갖추어 보내며 위협했다.

만일 혼인을 계속 거역하면 모녀를 잡아다가 매로 다스려 죽이리라.

위부인과 장소저가 매우 두려워하면서 슬퍼하니 마치 초상난 집 같았다.

"이 일을 어찌하리오. 조공자의 소식도 모르는데, 자사의 형세를 어찌 당하리오. 만일 납폐를 물리치면 우리 모녀를 분명 죽일 것이니, 나는 죽어도 아깝지 아니하거니와 무죄한 네가 죽는 것을 내 어찌 보리오."

모녀가 붙들고 통곡하니, 그 모습이 가련했다. 해와 달이 빛을 잃고 온갖 짐승도 모두 다 우는 듯했다. 마지못해 계집종 매향에게 '폐백을 가져다가 네 방에 두라.'고 하고는 밤낮으로 통곡했다.

세월이 무정하여 어느새 혼인할 날이 하루 앞으로 다가왔다. 자사는 하인을 보내어 진사 댁 문밖에다 큰 잔치를 차리고 다음 날 혼례 준비를 착실히 했다. 이 날 밤에 장소저가 스스로 목숨을 끊으려고 하늘을 우러러 통곡하다가, 문득 부친이 돌아가시며 유서를 주시면서 '앞으로 반드시 위급한 일이 있을 것이니 그때에 떼어 보고 그대로 하라.'고 하신 말씀이 생각났다. 즉시 유서를 떼어 보았다.

　네 분명 강호자사의 형세를 당하지 못할 것이다. 서강으로 가면 배가 있을 것이니, 그 배를 타고 산양 땅 강선암으로 가면 구원할 사람이 있으리라.

부친의 유서를 보고 나자 기쁘면서도 또한 슬펐다. 계집종 가애를 불러 길 떠날 채비를 차려 급히 서강으로 나가, 값을 후하게 주고 빠른 배를 잡아 타고 도망했다. 이 날 밤으로 수로 삼백 리를 나아간 뒤, 날이 새자 배에서 내려 한 걸음 한 걸음 강선암을 찾아갔다.

* 납폐(納幣) | 혼인 때 신랑 집에서 신부 집으로 보내는 예물. 주로 푸른 비단과 붉은 비단을 보낸다.

기이한 바위는 청산에 첩첩이 둘러 있고 계곡의 물은 잔잔하게 골골마다 흐르니, 참으로 빼어난 자연경관이라. 문득 종소리가 들려 절인 줄 알고 반가운 마음에 절문으로 향했다. 절문에 다다르니 법당은 가운데 높이 솟아 우뚝하고 좌우 행랑은 웅장한데 단청이 황홀했다.

종을 치니 중들이 모여 저녁을 먹으려 했다. 장소저가 그 모습과 거동을 살펴보니 단정하고 위엄이 있으나 오히려 순박하니 세상 보통 중들과 크게 달랐다. 누각에 앉아 경관을 구경하니 마음이 깨끗해지고 즐거운지라. 그때 중들이 나와 장소저의 거동과 인물을 보고 놀라며 물었다.

"어디 사시는 분이십니까? 이곳은 산이 높고 골이 깊어 행인이 마음대로 출입하지 못하는데, 이렇듯 약하신 몸으로 어떻게 찾아오셨나이까?"

"위국 강호 땅에 사옵니다. 병란에 부모를 잃고 정처 없이 다니다가 하늘이 도우시어 이곳에 왔사옵니다. 바라옵건대 스님은 목숨을 구제해 주옵소서."

중들이 불쌍히 여겨 월경대사와 왕부인께 아뢰었다.

"위국 강호 땅에 산다는 여인 둘이 왔사온데, 얼굴과 자태가 보기 드문 미인이옵니다. 소승들이 여러 나라를 두루 다니며 많은 사람을 보았사온데 이런 인물은 처음이로소이다."

"이리 데려오라."

왕부인의 말에 그 중이 즉시 데려오니 과연 뛰어난 미인이요, 그 모습이 범상한 사람이 아니었다. 마음에 매우 사랑하여 나아가 손을 잡고 위로했다.

"이런 나이 어린 규수가 어찌 이곳을 찾아왔는고. 위국 땅에 살았다 하니 이번 병란의 승패를 아느냐?"

장소저가 일어나 절하고 얼굴빛을 가다듬고 대답했다.

"오다가 들자오니 서번이 패하고 위국이 승전하였다 하더이다."

왕부인과 대사가 이 말을 듣고 기뻐하며 근심을 덜고 조공자가 살아오기를 기다렸다.

"이곳을 보니 세상 사람이 출입하기 어려운 곳인데 부인은 어찌 홀로 계시나이까?"

장소저가 묻자 왕부인이 탄식했다.

"나는 집안이 화禍를 입어 피해 있노라."

대사가 소저를 자세히 보더니 물었다.

"소저의 모양을 보니 혼인을 하신가 싶으니, 어떠한 가문에 출가하셨습니까? 남편은 난리중에 잃으셨나이까?"

"아직 음양陰陽의 이치를 알지 못하오니 어찌 낭군이 있사오리까."

대사가 속으로 괴이히 여기나, 장소저가 감추므로 다시 묻지 않고 왕부인에게 말했다.

"그 처자를 보니 세상에 그와 같은 이는 다시없을 듯하옵니다. 강호 장소저를 보지 못하였거니와 어찌 그 처자에 미치겠사옵니까. 그러나 혼인한 것 같은데도 끝내 감추고 사실을 말하지 아니하니 참으로 이상하옵니다. 혹 창녀인가 하여 살펴보니 창녀 아니며, 바람과 비에 놀란 옥두꺼비가 계수나무를 찾아온 모양이라, 분명히 장소저라 생각되옵니다. 장소저가 아니면 다시 저런 뛰어난 미인이 없을 것이니, 틀림없이 장소저인가 하옵니다."

"장소저는 보지 못하였으나, 저렇게 다닐 사람이 아닌가 하노라."

"사람의 팔자를 어찌 알리오. 부인은 어찌 이리 와 계시옵니까?"

대사가 웃으며 말하자 왕부인도 미소만 지었다.

이 날부터 장소저는 왕부인과 함께 머무는데, 때때로 나와 멀리 바라보며 소리 없이 울거늘, 왕부인이 위로했다.

"이 또한 운수니 너무 슬퍼 마라."

이렇듯 세월을 보내더니, 하루는 왕부인이 장소저와 월경대사를 데리고 말씀하다가 문득 장소저 얘기를 했다.

"내 들으니 강호의 장소저는 인물됨이 빼어난 규수라 하되, 내 생각에는 아마도 그대에게는 미치지 못할까 하노라."

"어찌 장소저를 아시나이까?"

장소저가 공경하며 묻자 부인이 대답했다.

"내 이전에 들었거니와, 소저는 장소저를 아느냐?"

"집안에만 있는 여자가 어찌 남의 집 처자를 알리까."

장소저도 마음속으로 이상하게 여기고, 왕부인도 장소저의 내력을 몰라 의심했다.

하루는 장소저가 달 밝은 밤에 근심을 이기지 못하고 행장에서 무엇을 꺼내어 부처 앞에 놓고는 향을 피우고 기도드렸다.

"부모와 낭군을 만나게 해주옵소서. 신령님께 아뢰나이다."

장소저가 소원을 빌며 슬퍼하다가 흔적을 감추고 나오거늘, 왕부인이 이를 듣고 괴이히 여겨 대사에게 말했다.

"그 여자 분명 낭군이 있으되 한결같이 감추오니, 그 행장을 뒤져 보면 알 수 있는 것이 있으리라."

하루는 소저가 계집종을 데리고 목욕을 했다. 왕부인과 대사가 소저의 행장을 살펴보니, 부채 한 자루가 있는지라. 자세히 보니 과연 조공자의 부채라. 부채에 글귀가 있는데, '장소저에게 신물로 주노라.' 하고 '조웅이 쓰노라.' 하였으니, 다시 의심할 바 없는 장소저라, 왕부인과 대사가 매우 기뻐했다.

"대사의 통찰력은 귀신도 당하지 못할지라. 이 사람이 무슨 까닭으로 행색이 이러한고? 기이한 일이로다."

왕부인이 대사를 칭찬하며 말을 주고받는데, 장소저가 들어와 왕부인을 보니 기쁜 빛이 얼굴에 가득했다.

"기쁨이 얼굴에 뚜렷하오니 무슨 즐거운 일이 있나이까?"

장소저가 묻자 왕부인이 답했다.

"자식을 난리중에 보내고 살았는지 죽었는지 알지 못하더니, 아까 대사를 모시고 부처님 앞에 정성으로 발원하여 자식 소식을 들으니 과연 마음이 즐겁도다."

장소저 역시 자식을 난리중에 보냈단 말을 듣고 한편 괴이하고 한편 반가운 마음이 마음속에서 일어나는지라.

"어찌 소식을 알았나이까?"

"이 절 불상은 매우 신통하여 정성이 지극하면 소원을 다 들어주니, 소저도 무슨 소원이 있거든 정성으로 대사를 모시고 부처님께 가 소원을 빌라."

장소저가 기뻐하며 즉시 행장에서 무엇을 찾다가 몹시 놀라거늘, 왕부인이 거짓 놀라는 척하며 물었다.

"무엇이 없느냐?"

"행장에 신물을 두었는데 없사오니 정말 이상하옵니다."

"잃은 것이 부모의 신물이냐?"

장소저는 대답하지 않고 옥 같은 얼굴에 눈물만 흘리고 있었다. 곁에 있던 계집종이 끝내 속이지 못하여 사실을 아뢰었다.

"사실은 소저가 낭군을 처음 만났다가 이별할 때 낭군이 주고 가신 신물이로소이다."

왕부인이 그제야 슬픔을 이기지 못하여 소저의 손을 잡고 말했다.

"네 분명 장소저면 장소저는 나의 며느리라."

그러고는 부채를 내어 주었다.

"이 부채는 내 자식 웅의 부채라. 지난번 강호를 다녀와서 장진사 댁 사위가 되었노라고 네 말을 하였노라. 생전에 보지 못하고 죽을까 늘 한이 되었더니, 오늘날 이렇게 만날 줄이야 꿈엔들 생각했으리오."

왕부인의 반갑고 사랑하는 마음을 어찌 다 헤아리겠는가! 장소저도 마음속에 의혹疑惑이 있다가, 이제야 모든 것을 알게 되니 일어나 절을 올렸다.

"객지에 어머님을 두시었다는 말씀을 들었으나, 이곳에 계신 줄을 어찌 알았으리까?"

장소저가 슬픔을 이기지 못하거늘, 부인이 다시 물었다.

"나는 팔자 기구하여 여기에 와서 머물고 있거니와, 너는 무슨 까닭으로 이곳에 이르렀느뇨?"

장소저가 처음 공자 만난 일이며, 중간에 병 고친 사연과, 여차여차하여 도망쳐 나온 이야기를 자세히 여쭈오니, 왕부인과 중들이 듣고 못내 기특히 여겼다. 이 날부터 시어머니와 며느리의 예의를 갖춰, 시어머니를 정성으로 섬기니, 그 효행은 비할 데 없었다.

태자를 구하다

조원수는 태자가 유배된 곳으로 향했다. 행차를 먼저 알리고 관서 지방으로 나아가니 지나가는 고을마다 놀라지 않는 곳이 없었다. 각 고을의 수령은 길에 나와 마중하고 배웅했다.

관서 지방에 도착해 성안에 숙소를 정하고, 고을 수령에게 분부했다.

"황장군의 무덤을 깔끔히 치우고, 제물을 잘 준비하여 대령하라."

깃발과 창검을 둘레에 세워 놓고 향과 초를 마련하여, 원수가 몸소 제문*을 지어 삼경에 제사했다. 갑옷과 칼을 무덤 앞에 묻으려는데, 돌로 된 함이 있어 그 안에 넣고 묻었다.

잠시 후 북소리, 나팔 소리, 승리의 북소리가 울리면서 병사들이 함성을 지르며 화살을 쏘아 대니, 찬바람이 일어나며 세워 둔 깃발 아래에서 난데없는 귀신 장수가 나타났다. 그 장수가 갑옷을 입고 손에 삼척검을 들고 서 있는데, 위세 있는 풍모가 늠름하고 기상이 빼어났다.

원수가 제사를 마친 뒤에 중군에게 '군사를 잘 먹여 쉬게 하라.' 명령하고 숙소로 돌아와 등불을 밝히고 병서를 보는데, 황장군이 문밖에서 아뢰고 들어왔다.

"저승과 이승이 비록 다르나 마음이야 어찌 다르리오. 장군의 신기하신 도움으로 위국을 도와 싸움에 이겼으니, 그 신령하심을 어찌 장하다 아니하

---

* 제문(祭文) | 죽은 사람에 대하여 슬퍼하고 추모하는 마음을 나타낸 글.

리까?"

원수가 절하며 감사하자, 황장군도 절하며 감사했다.

"원수께서 살아생전에 쌓였던 소장의 원한을 갚아 주시니 상쾌한 은혜를 어찌 잊을 수 있겠사옵니까. 무덤에 제사를 지내어 나의 혼백魂魄을 위로하시고, 술과 고기를 잔뜩 먹여 배고픔을 면하게 하시니 더욱 감격하옵니다. 또 소장의 무덤을 말끔히 정돈해 주시니 잠시 머물다 가는 세상이나, 어찌 잠시인들 잊을 수 있겠사옵니까? 떠나기 애석하오나 저승과 이승이 전혀 달라 세상에 오래 머물지 못하옵고 하직하오니, 송나라를 회복하시어 빛나는 이름을 역사에 길이 남기소서."

황장군이 나가니, 원수가 마음으로 슬퍼하고 이튿날 벽촌 백성을 불러 분부했다.

"저 무덤을 잘 돌보라. 이 앞에서 봄, 가을로 제사하리라."

이 날 길을 떠나 여러 날 만에 관산에 도착했다.

산 아래에 군사를 두고 홀로 말을 타고 산중으로 들어가니 전에 보았던 집이 있었다. 석문이 열려 있어 들어가니 초당이 적막하고 인적이 없었다. 이상하여 두루 살펴보니, 옛날에 보던 것이 없고 집이 다 쓰러져 비어 있었다. 원수는 쓸쓸하고 처량한 마음을 헤아릴 수 없었다. 무심한 흰 구름은 유유히 흐르고 원숭이는 근심스레 슬피 울어 나그네의 시름을 돕는지라. 슬픈 마음을 이기지 못하여 하늘을 향해 무수히 탄식하다가 큰 바위에 올라가니, 암벽에 예전에 없던 글이 새겨져 있었다.

화산도사는 때맞춰 돌아왔는고?
창칼과 오랑캐가 관산에 가득하네.
더러운 세상을 다 쓸어버리지 못했으니

원수가 다 보고는 매우 놀라 무수히 울면서 탄식했다.

"강호에 행차함을 알리고 장진사 댁에 머물 곳을 정하라."

군사들에게 명령하고는 강호로 향했다.

강호자사는 원수의 행차 소식을 듣고 놀라고 두려워 어찌할 줄을 몰랐다. 장진사 댁 일을 감출 길이 없어 하인을 시켜 이리저리하라 하니, 하인이 마중 나가 원수께 아뢰었다.

"장진사 모녀가 살인을 하여 소저는 도망하고 부인은 감옥에 있기로 그 댁에 머물 곳을 정하지 못하고 객사*에 정하였나이다."

원수가 몹시 놀라 다급히 객사에 좌정坐定하고 즉시 분부했다.

"옥에 갇힌 죄인을 죄의 가볍고 무거움에 관계없이 다 올리라."

원수의 분부에 강호 사람들이 모두 놀라고 당황하여 마치 물 끓는 듯했다. 죄인을 다 올리니 백여 명이라. 원수가 차례로 죄목을 물으니 모두 다 지극히 원통했다. 그 중에 한 부인이 연약한 몸에 큰 칼을 쓰고 앉아 있으니, 그 참혹한 모습은 차마 보지 못하겠다. 가까이 앉히고 죄목을 물으니 말을 못하고 품속에서 억울한 사정을 적은 글을 내어 올렸다. 원수가 그 글을 보니 마음이 놀라고 울적하여 정신이 아득했다. 급히 씌운 칼을 풀게 하고는 부인 댁 종을 불러 분부했다.

"부인을 댁으로 모셔라."

남은 죄인들도 다 풀어 주라 분부하시니, 백여 명 죄인이 다 일어나 머리를 조아리며 감사했다. 그들이 춤추며 즐거워하는 소리가 천지를 진동했다.

---

* 객사(客舍) | 외국 사신이나 다른 곳에서 온 벼슬아치를 대접하고 묵게 한 숙소.

원수가 '강호자사를 결박해 잡아들이라.' 큰소리로 불같이 재촉하니, 군사들이 일시에 고함치며 내달아 발이 땅에 닿지 않을 정도로 급하게 잡아들였다. 원수가 크게 분노하여 낱낱이 죄를 물었다.

"네 나라의 녹을 먹는 신하로 큰 죄를 지었으니 내 아무리 살려 주고 싶어도 그리할 수 없다."

사람들에게 돌려가며 보인 뒤 목을 베고, 송나라 장수인 소연태를 강호자사로 명한 뒤, 이 뜻을 위왕께 아뢰었다.

조원수가 장진사 댁에 나아가니, 담장은 다 무너지고, 집도 고요하고 적막하여 볼 것이 없었다. 위부인을 뵈니, 위부인이 황공해하고 감격해했다.

"대원수는 뉘시니까? 옥석玉石을 가리어 주시고 미천한 목숨을 살려 주시니 감격하나이다."

"부인이 옥중에서 오래 고생하셨기에 정신이 없어 몰라보시나이다. 소생은 부인 댁에서 은혜를 입은 조웅이옵니다."

위부인이 그제야 가만히 보고는 놀라 원수의 손을 잡고 통곡하며 말을 못했다. 원수가 위부인을 위로하며 전후 사정을 자세히 물으니, 위부인이 정신을 진정하고 그동안의 일을 말했다.

"딸아이는 모월 모일에 계집종과 어디론가 도망갔사온데, 지금까지 어디 있는지도 모르고 살았는지 죽었는지도 모르니, 이런 답답하고 서러운 일이 어디 있사오리까."

하염없이 통곡하니 그 모습을 차마 보지 못하겠다.

원수가 이 말을 들으니 정신이 아득한지라. 한참 뒤에야 마음을 진정하고 위부인을 위로했다.

"사람의 목숨은 하늘에 달려 있고, 살고 죽는 것은 운명이라 하오니, 비록 종적을 알 수 없사오나 설마 죽었겠습니까? 만나 볼 날이 있을 것이니 너무 걱정하지 마소서. 소생小生이 아무쪼록 찾아 부인의 맺힌 원한을 풀어 드릴 것이니, 소생과 함께 저의 모친이 계신 강선암으로 가사이다."

위부인과 그 식솔*을 다 거느리고, 행차를 미리 알리고 이 날 강선암으로 향했다. 이즈음에 장소저는 왕부인과 월경대사와 함께 조원수가 온다는 소식을 듣고는 놀라고 기뻐 왕부인을 모시고 산꼭대기에 높이 올라가 오는 광경을 구경했다.

이윽고 절 입구로 천병만마千兵萬馬가 산을 덮으며 들어왔다. 그 가운데 한 소년 대장이 황금 갑옷에 삼척검을 비껴들고 금빛 안장을 두른 명마 위에 뚜렷이 앉았는데, 마치 황룡이 오색구름에 싸여 해와 달의 빛을 빼앗는 것 같았다. 석문 밖에 군사를 머물게 하고 암자로 들어가니, 중들이 왕부인을 모시고 원수를 맞이했다.

"이게 꿈이냐 생시냐? 네가 분명 웅이냐 아니냐?"

왕부인이 조원수를 붙들고 기뻐하시다가 눈물을 흘리시는데, 마치 정신을 잃은 사람 같았다.

"어머님은 정신을 차리시옵소서."

붙들어 앉히고 위로하니, 왕부인이 정신을 진정했다.

"너를 난리중에 보내고 오랫동안 서로 소식이 막혔으나, 살아 돌아오기를 한 순간인들 잊었겠느냐? 지난 일을 대강 말해 보아라."

원수가 다시 땅에 엎드려 그간의 일을 자세히 아뢰었다. 서번을 쳐서 항복 받고 위국을 도와 평정한 일이며, 대원수가 되어 오는 길에 강호에 들렀다가 자사의 목을 베고 위부인을 모시고 오는 사연을 말씀드리니, 왕부인과

---

* 식솔(食率) | 한 집안에 딸린 사람들 모두.

월경대사며 여러 중이 다 듣고는 칭찬하며 즐거워했다.

"혼자 몸으로 이렇듯이 귀하게 되어 돌아와 내 눈앞에 영화榮華를 보게 하니, 그 귀함을 어찌 다 말하리오. 장진사 댁 소식은 먼저 들었노라. 모월 모일에 장소저가 도망하여 이리 왔기로 서로 의지하며 있었더니, 네 오늘날 사부인*을 모셔 오니 이런 즐거움이 어디 있으리오."

왕부인이 장소저를 부르니, 장소저는 위부인 오셨다는 말을 듣고 급히 나왔다. 위부인이 장소저를 안고 뒹굴며 통곡하니 즐거운 암자가 도리어 슬픔에 휩싸였다.

"모녀 상봉하였으니 이제 무슨 근심이 있으리까? 너무 슬퍼 마옵소서."

왕부인이 위로하자 위부인이 정신을 차리고 말했다.

"경아, 네 죽어 혼이 왔느냐, 살아 육신이 왔느냐."

위부인이 보고 또 보며 '아마도 꿈인가 싶다.' 하면서 반기고 슬퍼하니, 보는 사람이 뉘 울지 않으리오. 소저가 울음을 그치고 위부인을 붙들고 위로했다.

"어머님은 천금같은 귀중한 몸을 돌보소서. 천지간 불효막심한 자식을 위하여 이렇듯 슬퍼하시니, 내 어찌 자식이라 하오리까. 하늘의 도우심으로 오늘날 이렇게 만났사오니 엎드려 바라건대 어머님은 잠깐 진정하옵소서."

수없이 위로하니 위부인이 진정했다. 원수는 왕부인과 위부인, 장소저를 별당에 모시고 그리던 마음과 고생하던 일을 밤새도록 이야기했다.

이튿날 원수가 중군에 분부하여 군사를 편히 쉬게 하고, 여러 고을에서 받은 비단과 보물을 들이라 명했다. 비단과 보물을 모두 들이니 열두 수레라. 암자에 산같이 쌓아 놓고 대사와 여러 중을 불러 이를 주었다.

"대사와 모든 스님의 은혜 실로 하해河海와 같사오니, 그 은혜를 다 갚을 길이 없는지라. 우선 약간의 성의를 표하니 절 안에 두고 쓰소서."

중들이 황공하고 감격하여 수없이 인사했다.

원수가 왕부인과 위부인, 장소저, 대사와 스님들에게 하직 인사하고 떠나려 하니, 서로 이별하는 정情은 비할 데 없었다. 원수는 두 부인과 장소저를 강선암에 편안히 머무르게 하고 송태자가 유배된 곳으로 향했다. 태산부 계량도로 가려 하니 서번국을 지나갔다.

"번국은 위국과 원수지간이니 염려되옵니다."

장수들이 걱정하자 원수가 크게 꾸짖었다.

"저런 사람을 어찌 장수라 하리오. 두렵거든 따르지 마라."

장수들이 부끄러워 한마디 말도 못하니 원수가 오히려 위로했다.

"그대들이 작은 일을 근심하니 어찌 장수라 하리오. 번국으로 가면 번왕이 분명 나를 유인할 것이니 나 또한 어찌 염려하지 않으리오."

번왕은 원수가 온다는 말을 듣고 장수들과 의논했다.

"어떻게 해야 조원수를 달래겠는가?"

"조원수는 재물을 탐하고 여색을 밝힌다 하오니 대접을 잘하옵소서. 천하의 미인을 보내시고, 천금의 재물과 높은 벼슬을 주겠다고 유인하옵소서."

번왕은 장수들의 말을 옳게 여기며 원수 오기를 기다렸다.

원수가 번국에 이르니, 번왕이 사신을 보내어 안부를 묻고 천금 재물을 드렸다. 원수가 이를 받아 군사들에게 상으로 주니, 군사들이 모두 다 즐거워했다. 번국 성안으로 들어가 군사들을 머무르게 하고 중군에게 분부했다.

"군사를 잘 먹이고 편히 쉬게 하라."

번왕이 쌀 일백 석과 소고기와 양고기를 군사들에게 보내고 원수를 찾았다.

---

* 사부인(査夫人) | 며느리의 친정어머니인 안사돈을 높여 부르는 말.

"지난 일은 각각 그 나라를 위해서 한 일이라. 어찌 마음속에 두리오."

"한 번 이별하고 다시 뵈오니 반갑소이다."

원수가 웃으며 말하자 번왕이 더욱 기뻐했다.

"원수는 본디 위국 사람이 아니시지요. 과인이 소원이 있어 감히 청하나니 저버리지 마시요. 번국이 비록 작은 나라나 영토는 천 리요, 갑옷을 입은 병사 백만이요, 고을마다 명승지요, 강물이 풍부하지요. 원수를 양남 지방의 제후로 봉할 것이니 싫다 마시고 잠시 머물러 망하게 된 나라를 회복하여 주시오."

원수 마음에 화가 치밀어 오르나 억지로 참으며 대답했다.

"저같이 지극히 못나고 둔한 재주로 많은 욕심을 어찌 감당하겠사옵니까. 고국으로 돌아가는 길이오니 받아들이기 어렵사옵니다."

번왕이 낙심하여 돌아와 신하들과 의논했다.

"조원수의 뜻이 저처럼 도도하니 어찌하면 좋겠는가?"

"조원수가 처음부터 어찌 허락하겠사옵니까? 오늘 밤에 아름다운 여인을 방으로 보내시어 달래면 어찌 듣지 아니하리까?"

신하들이 이같이 말하자 왕이 옳다고 여겨 예쁘고, 노래 잘하며, 춤 잘 추는 천하 명기名妓 월대를 불러 분부했다.

"네 오늘 밤에 조원수를 달래어 마음을 돌려놓으면 큰 상을 주고 원수를 섬기게 할 것이니, 재주를 다하여 정성으로 일을 도모하라."

물러나와 온갖 화려한 옷으로 단장하고 원수를 찾았다.

원수가 월대를 보니 과연 절대가인이라.

"네 어떻게 여기를 왔느뇨?"

"장군의 행차가 쓸쓸하다기에 위로코자 국왕의 명을 받아 모시러 왔나이다."

원수가 월대와 더불어 수작하며 즐거운 척했다.

"네 노래와 춤을 아느냐?"

"잘은 못하여도 할 줄은 아나이다."

원수가 기특히 여겨 노래를 청하니, 월대가 붉은 입술을 반쯤 열고 맑은 노래 한 곡을 아름다운 소리로 읊었다. 그 소리가 매우 맑고 고와서 소상강 저문 날에 흰 학이 울음 우는 듯했다.

산사山寺를 어찌하여 그리워하시나요?

양남梁南 땅은 제왕이 머무를 곳입니다.

아름다운 궁궐은

누구를 의지하고자 비워 놓았겠어요?

아마도 임자 되고자 하니

하늘이 내려 준 인연인가 봅니다.

원수가 그 노래를 들으니 마음이 분했다. 궁녀의 간교함을 알겠으나, 짐짓 모르는 체 노래를 칭찬하며 또 한 곡조를 청했다. 월대가 즐거워 또 한 곡을 노래했다.

천금 재물 높은 벼슬을

싫다 하고 가지 마세요.

달빛 흐린 오강烏江에서

왕의 뜻 이루지 못하고 죽은 항우를 생각하면,

평생토록 쌓인 한을

못 잊을까 하옵니다.

원수가 다 듣고 나니 분한 마음을 참지 못하겠다.

"네 간사한 년이로다. 음흉한 뜻으로 장부의 마음을 굽히려 하니 어찌 뼈에 사무치도록 원통하지 아니하리오."

칼을 빼 궁녀의 머리를 베어 문밖에 내던지고 나서도 분을 이기지 못했다.

번왕이 이 소식을 듣고 몹시 놀랐다.

"요망한 년이 수작을 잘못하였도다."

다시 궁녀들을 모두 불러 물었다.

"너희 중 누가 능히 원수 마음을 돌려놓겠느냐?"

다 겁내어 울고 도망가며 대답하지 못하는데, 한 계집이 거문고를 안고 가기를 청했다.

"신첩臣妾이 가서 원수를 달래어 마음을 돌려놓겠나이다."

이 소리에 번왕이 매우 기뻐하여 보니 이는 금련이란 궁녀라.

"마음을 다해 일을 이루도록 하라."

금련이 명을 받고 나와 원수께 나아갔다.

원수가 금련을 보니 참으로 아름다운지라.

"네 나이 얼마나 되느뇨?"

"열아홉이옵니다."

원수가 기특해서 가까이 앉히자 금련이 거문고를 안고 가늘고 고운 하얀 손으로 연주하며 노래 부르니, 그 소리 청아했다.

월대 월대 망월대望月臺야,

일월같이 빛나는 충성을

맑은 노래 한 곡조로

네 어찌 굽히겠느냐.

아름답도다! 송나라 황실의 보배여,

송나라 황실의 보배로다.

금련이 거문고를 놓고 눈물을 흘리며 말했다.

"소첩은 본디 번국 사람이 아니옵고 위국 서강 땅 두유성이란 사람의 딸이옵니다. 아비가 일찍 죽고 늙은 어미를 모시고 근근이 살았사온데, 서번의 난리중에 피란하다 어미를 잃고 첩은 이곳으로 잡혀 왔사오나, 원통한 목숨 죽지도 못하고 있사옵니다. 늙은 어미가 죽었는지 살았는지 몰라 밤낮으로 서러워하더니, 하늘이 돕고 귀신이 도와 장군을 만났사오니 어찌 즐겁지 아니하오리까. 엎드려 바라건대 장군은 위국 대원수라, 첩이 따라가 어미가 살았는지 죽었는지 알게 하옵소서."

금련이 애원하거늘, 원수가 들으니 불쌍하기도 하지만 인물 또한 비범했다.

"그렇게 하라."

원수가 허락하고, 금련의 집안과 위국에서의 행적을 들은 뒤 함께 잠자리에 들었다.

이튿날 금련을 데리고 떠나고자 번왕에게 기별했다.

"대왕에게 후한 대접을 받으니 지극히 감사하옵니다. 보내 주신 궁녀는 본래 위나라 사람이라. 제 어미를 보고 싶다 하기로 데려가오니 허물치 마소서."

번왕이 듣고 분을 참지 못했다.

"많은 재물과 천하에 보기 드문 궁녀를 잃으니 어찌 절통치 아니하리오. 조원수가 다시 이리 올 것이니 그때에 잡으리라."

그러고는 신하들과 계책을 의논했다.

원수가 여러 날 만에 태산부 근방에 이르니 날이 저물었다. 한 곳에 진을 치고 계량도 소식을 들으니 태산부 자사가 송태자에게 사약을 내려 죽이러 갔다고 했다. 원수가 크게 놀라 자세히 물으니 모두 대답하였다.

"황제가 약을 보내어 태자를 죽이고 계량도에 머물고 있는 전前 왕조의 충신들을 다 잡아갔나이다."

원수가 다급하여 계량도가 얼마나 남았는가 물으니 칠십 리라 하였다. 그러자 원수가 중군에게 분부했다.

"나 돌아오기를 기다리라."

원수가 홀로 계량도에 들어가니, 사방에 창검을 든 군사들이 지키고 있었다. 태자가 있는 집 주위에도 군사들이 빈틈없이 지키니, 날아가는 제비라도 들어갈 길이 없었다.

숨어서 동정을 살피니 등불은 영롱하고 충신들은 가득한데, 한 미인이 거문고를 안고 상별곡相別曲을 타고 있었다.

옥도끼 금도끼 양쪽 날 들게 갈아

베도다 달나라 계수나무를 베도다.

모이나니 계량도라.

모셨도다 모셨도다. 우리 황제 모셨도다.

눈 속에 핀 매화 한 가지에 찬바람 불어 꽃 피도다.

모였도다 모였도다. 송나라 충신 모였도다.

이 년에 마을을 이루고 삼 년에 나라 되려니

폭군 걸주의 풍악 소리 다 쓸어버리도다.

비나이다 비나이다. 하느님께 비나이다.

오늘 밤 오경五更에 함지* 묻노라 밤이 얼마나 되었는가?

소슬한 찬 바람이 일어나며

열 충신 부여잡고 눈물로 하직하니

저 세상으로 가지 못한 귀신이 아니신가?

바라나니 청산 매화 무덤 아래에 숨겨 주오.

　미인이 거문고 타기를 그치고 눈물을 비 오듯 흘리니, 신하들도 슬픔을 이기지 못하고 일시에 일어나 태자께 절하고 물러난다.

　이때 원수가 몸을 솟구쳐 나는 듯이 들어가 태자 앞에 몸을 엎드리고 절했다.

　"소신은 충신 조정인의 아들 조웅이옵니다. 태자 옥체玉體 안녕하시옵나이까?"

　"이것이 꿈이냐, 생시냐? 귀신이냐, 사람이냐? 귀신이 아니면 어찌 이곳에 왔으리오."

　태자가 매우 놀라 원수를 붙들고 눈물을 흘리며 말씀을 못하거늘, 원수가 태자를 붙잡고 위로했다.

　"그만 진정하옵소서."

　"어떻게 이 위험한 곳에 왔느뇨? 과인은 운수가 불길하여 목숨이 오늘 내일이라. 생전에 다시 만나니 꿈만 같고 옛일을 생각하니 이 또한 꿈만 같도다. 여덟 살 때 보고 이제야 만나니 반갑기 그지없으나 슬픔 또한 헤아리기 어렵도다."

* 함지(咸池) | 해가 진다고 하는 전설상의 큰 못.

"저 여인은 누구이옵니까?"

"계량도의 관비官婢라. 계량도 별장別將 벼슬하는 백성취라는 충신이 있으니, 내가 이리 온 후 그의 보살핌으로 편히 지내고 있도다. 그가 방에서 시중들게 하여, 데리고 있으면서 마음속 근심을 위로받고 있느니라."

충신들이 따라와 함께 있는 일이며, 내일 사약 받는 일이며, 충신들을 내일 다 잡아가는 일 등을 말하며 태자가 통곡하니 원수 또한 슬프기 그지없었다.

"지금 일이 급하옵니다. 소신이 백 리 밖에 군사들을 머무르게 하고 태자의 안부를 몰라 홀로 들어왔사옵니다. 소신이 이제 급히 나가 군사를 거느리고 와 태자를 모셔 갈 것이니 옥체를 보존하옵소서."

즉시 하직하고 나오더라.

이 날 밤에 모든 충신이 각각 제 처소로 돌아갔으나 잠을 이루지 못했다. 새벽닭이 울자 일시에 나와 하직 인사하러 태자전에 들어가니, 태자가 등불을 밝히고 있는데 얼굴에 웃음이 가득했다. 모든 충신이 땅에 엎드려 아뢰었다.

"얼굴에 웃음이 있사오니 알지 못하겠나이다. 무슨 좋은 일이 있사옵니까?"

"나의 즐거운 일은 매화가 아니느라."

신하들이 태자의 말을 듣고 반겨 나와 매화에게 물으니, 매화가 웃으며 붉은 입술을 잠깐 열어 맑은 노래 한 곡을 부른다.

어제 산중에 내린 비에
봄소식을 들어 보았느냐?

오고 아니 옴은

눈 속에 핀 매화 네 알리라.

매화야 알련마는

버드나무 알까 하노라.

모든 충신이 그 노래를 듣고 매우 기뻐하며 원수를 고대했다.

이 날 밤 원수가 진으로 돌아와 장수들을 불러 명령했다.

"너희는 이리이리하라."

약속을 정하고 군사를 몰아 급히 계량도로 가니, 어느새 날이 밝아 왔다. 원수가 마음이 바빠 칼을 들고 몸을 날려 태자의 거처인 별궁으로 들어가니, 벌써 이두병의 사신이 약사발을 내오고 모든 충신을 다 결박했다. 원수가 분기충천*하여 약사발을 재빨리 물리치고 칼을 들어 사신을 치니 머리가 땅에 떨어졌다.

원수가 군사를 재촉하여,

"모든 충신을 다 풀어놓으라."

명령하고 태자 앞에 엎드려 절하니, 태자가 겨우 정신을 차려 원수의 손을 잡으시고 슬픔을 이기지 못했다.

"꿈인들 이러하겠느냐? 행여 꿈을 깰까 염려하노라."

"안심하옵소서."

조원수가 태자를 위로하고 충신들을 다 모셔 왔는데, 모두 잠깐 사이에 혼을 잃어 정신 나간 사람 같은지라.

중군장 원충이 군사를 거느리고 들어왔다. 북소리, 피리 소리, 군사들의

---

* 분기충천(憤氣衝天) | 분한 마음이 하늘을 찌를 듯 격렬하게 북받쳐 오름.

함성 소리 천지를 진동하며 계량도를 에워싸고 자사와 수령들을 다 결박하여 원수께 바쳤다. 원수가 모두 다 잡아들여 그 죄를 묻고 처형한 뒤 태자께 아뢰었다.

"원수의 공덕은 하늘 같고 바다 같도다. 만고에 어찌 이런 충신이 있으리오. 원수가 한 걸음에 태자의 목숨을 구원하고 백여 명 충신의 목숨도 살리니, 그 은혜를 어찌 다 갚으리오."

태자와 충신들이 즐겁고 상쾌한 마음을 이기지 못하여 원수께 무수히 치하했다.

원수가 중군장에게 분부하여 태평연 잔치를 열고 모두 즐기는데, 백여 명 충신이 다 일어나 춤추니 그 장관을 어찌 다 말로 표현하리오. 그 중에 나이 팔십 된 충신들도 흰머리를 휘날리며 춤추니, 이는 이태, 서황 등 육십여 명이요, 나머지 소년 충신은 헤아릴 수 없었다. 계량도 백성도 모두 다 즐거워 취하도록 마시며 춤추며 노래하니, 즐기는 소리가 천지에 진동했다.

태자가 즐거움을 이기지 못하여 흥겨운 마음에 매화를 불러 앉히고 분부했다.

"이런 태평연에 네 어찌 홀로 즐기지 아니하느냐? 이제 조원수를 위하여 태평곡을 지어 군사들을 모두 위로하라."

매화가 머리를 조아리고 명을 받은 후 거문고를 안고 자리에 단정히 앉았다. 거문고 줄을 골라 가늘고 고운 손으로 줄을 희롱하며 붉은 입술을 반쯤 열어 맑은 노래 한 곡을 부르니, 그 소리가 청아하여 마치 옥을 깨치는 듯하고 학이 제짝을 부르는 듯했다. 사람들 정신이 시원하고 깨끗해지며 새삼 즐거운지라. 노소 충신들이 노래를 따라 외우며 춤을 추며 즐거워했다. 3일 동안 크게 잔치를 벌인 뒤 창고의 곡식을 풀어 계량도민을 구휼救恤하시니 백성이 치하하고 밤낮으로 은덕을 칭송했다. 원수가 태자께 아뢰었다.

"자사와 수령들을 다 처형했사옵니다. 고을을 비우지 못할 것이므로, 따라온 신하 중에서 적당한 사람에게 벼슬을 내려 지키게 하사이다."

태자와 여러 충신을 모시고 날을 가리어 떠나니, 춘삼월 보름이라. 원문을 지나 양무에 이르러 군사들을 잘 먹이고 쉬게 한 뒤 번국으로 향했다.

서번왕의 흉계

번왕이 조원수 돌아오기를 기다렸다가 잡으려 하는데, 갑자기 정탐이 보고했다.

"조원수가 송태자를 모시고 옵니다."

번왕이 이를 듣고 기뻐하며 신하들을 모아놓고 의논했다.

"지난번에는 재물과 궁녀를 잃고도 뜻을 이루지 못했으니, 그 분함을 어찌 다 말할 수 있으리오. 어찌해야 과인의 분함을 덜 수 있겠는가?"

"송태자와 함께 온다 하오니, 태자를 먼저 유인하여 궐내에 두고 '번국과 힘을 모아 대국을 회복하자.' 고 달래면 반드시 들을 것입니다. 그러나 듣지 않으면 위국으로 가는 길에 마을이나 쉴 만한 집들을 없애고, 적당한 거리마다 집을 둘씩 지어 성을 쌓은 후, 성안에 군사를 매복하였다가 이리이리 하오면 불과 3일 이내에 조원수를 잡을 것이니 염려 마옵소서."

번왕이 신하들의 말을 옳게 여겨 그대로 했다.

원수가 여러 날 만에 번국에 다다르니 번왕이 십 리 밖에 나와 영접했다.

"대왕이 옛일을 생각지 아니하고 갈 때 올 때 이렇듯이 환대歡待하시니 미안하옵니다."

"싸움판에서의 분함은 싸움판에서뿐이라. 내 집에 오신 손님을 어찌 박대薄待하오리까. 원수는 칭찬하지 마소서. 필요한 것이 있거든 말하소서. 번국이 비록 가난하오나 어찌 들어드리지 못하리까? 또 번국 군대의 강함은 여러 나라 중 최고라, 무슨 염려를 하나이까? 번국과 힘을 합하면 무슨 일이

든 어찌 이루지 못하리까? 바라건대 원수는 넓으신 마음으로 깊이 생각하시어 과인의 원한을 풀게 하소서."

번왕의 말을 듣고 원수가 크게 웃었다.

"대왕의 욕심이 지나치십니다. 해와 달도 차면 기우는 법이라. 지나치면 줄어드나니 왕은 지나치게 욕심내지 마소서. 오고 가면서 번국의 형세를 보니 땅은 비록 작으나 재물이 넉넉하고 군대도 강한지라. 대왕의 평생은 풍족하거늘 무엇이 부족하여 무리한 말씀을 하시나이까? 소장이 홀로 애달파 하나이다."

번왕이 웃음을 감추며 말했다.

"조원수의 말씀이 당연하오. 그러나 전쟁은 나라를 위하여 있는 것이지요. 조원수 말씀 같을진대 병사와 무기를 어느 때에 쓰리오."

"대왕의 말씀을 듣자오니, 욕심이 너무 많아 혼란을 일으키려는 것이옵니다. 예부터 나라가 불행하여 역적이 난을 일으킬 때 전쟁이 있는 것이옵니다. 대왕 같으신 이는 제 나라의 힘만 믿고 임자 있는 남의 나라를 빼앗으려는 것이니 이는 바른 일이 아니옵니다."

"번국이 가난한 것은 어제오늘 일이 아니라. 가슴에 맺힌 원한이 해마다 쌓이고 쌓인지라. 임금과 신하, 장수와 군졸들이 다 원한이 맺혔소이다."

"나라의 빈부와 그 흥망성쇠는 하늘이 정하였거늘, 어찌 대왕은 자신의 지위를 돌아보지 아니하고 자기 힘대로 하려 하시나이까? 하늘이 돌보지 아니하면 마음대로 할 수 없사옵니다. 항우의 힘으로도 패공을 죽이지 못하고 천하를 잃었거늘, 어찌 번왕은 의롭지 못한 일을 하려 하옵니까? 나는 대왕같이 분수를 모르는 이를 없애려는 사람이라. 그런 의롭지 못한 말을 나에게 하지 마소서."

"소왕의 소원은 그리 지나친 것이 아니오. 번국이 너무 적기로 땅이나 약간 넓히고자 하는 것이오."

"대답하기 번거로우나, 학의 긴 다리를 어찌 짧게 하며, 오리의 짧은 다리를 어찌 길게 하리까? 본디 정해진 것을 어기는데 어찌 이로움이 있으리오. 대왕의 욕심을 내 어찌 알 바 있으리오."

원수의 말에 번왕이 다시 할 말이 없었다.

"오늘은 여기서 머물 것이니 군사를 편히 쉬게 하라."

원수가 분부하고 태자전에 들어가 문안하고 번왕과 수작하던 말을 고하니, 태자께서 들으시고 웃으며 말씀하셨다.

"그러한 역적의 말을 어찌 귀담아들으리오."

원수가 피곤하여 막사에 나와 쉬는지라.

번왕이 신하들과 의논했다.

"조원수와 조용히 말을 나누니, 그 마음이 강직하여 끝내 듣지 아니하니 어찌하면 좋겠느냐?"

우복야 벼슬하는 장간이 아뢰었다.

"천하에 조원수 같은 장수가 없사오니, 아마도 조원수를 잡아 없애면 천하를 도모하기가 손바닥 안에 있을 것이옵니다. 이때를 타 없애는 것이 좋겠사옵니다. 듣자오니 멀지 않은 곳에 한 도사가 있는데, 제갈량*을 상대할 정도라 하오니, 이제 예물을 준비하여 사신을 보내어 그 도사를 청하여 계책을 들어 봄이 좋을 듯하옵니다."

번왕이 옳게 여겨 좌복야 벼슬하는 주홍달을 보냈다.

이 날 밤에 번왕이 잔치를 열고 우복야 장간을 보내 원수가 보낸 것처럼

---

* 제갈량(諸葛亮) | 유비(劉備)를 보좌한 중국 삼국시대 촉한(蜀漢)의 정치가 겸 전략가.

꾸며 태자께 아뢰었다.

"번왕이 잔치를 열고 소신을 청하였사온데, 손님으로 주인의 대접을 물리치기 어려워 참여하였사옵니다. 대왕을 모셔 오면 좋을 듯하여 감히 아뢰옵나이다."

또 번왕의 사신이 태자전에 엎드려 아뢰었다.

"소신의 국왕이 송별 잔치를 열고 조원수를 모셨더니, 원수께서 오셔서 대왕 생각에 음식에 손을 대지 아니하시므로, 소신의 국왕이 모시기를 청하나이다."

문밖에서 번왕이 와 영접하니, 태자가 피치 못하여 번왕을 따라 들어갔다. 번왕의 후궁 별당 깊은 곳에 등불이 영롱했다. 태자께서 들어가 자리에 앉아 좌우를 보시니, 그 차림이 대단했다.

"원수는 어디 갔느뇨?"

"밖에 있나이다."

그렇듯 대답하나 태자께서 이상히 여겨 원수를 자주 찾으셨다. 그러나 자고 있는 원수가 이를 어찌 알리오.

번왕이 태자전에 아뢰었다.

"소왕이 대왕을 모신 바는 한 말씀을 드리고자 함이옵니다. 소왕이 다만 딸 하나를 두었으되 인물이 절색이요 시서詩書에 능통하옵나니, 이제 태자께 드리오니 받으시기 바라옵니다. 대왕은 소왕의 말씀을 그르다 마시고 특별히 허락하옵소서."

태자께서 이 말을 들으시고 번왕의 꾀에 속은 줄 알고 분함을 참지 못해 크게 꾸짖었다.

"왕이란 이름이 참으로 아깝도다. 국왕이라 하면서 자식을 몸 파는 창녀 취급하니 어찌 더럽지 아니하리오."

하시고는 자주 원수를 부른들, 어찌 알고 들어오리오.

번왕이 멋쩍게 나와 문을 닫아걸고 신하들과 의논하니, 죽여 없애자느니 내보내자느니 하며 설왕설래했다. 결정을 못하는 사이, 원수가 잠에서 깨니 마음에 태자가 보고 싶었다. 급히 태자 처소에 들어가니 과연 태자가 없는 지라. 몹시 놀라 매화에게 물었다.

"아까 번왕이 와 이리이리하고 모셔 갔나이다."

이 말을 듣고 원수가 분한 마음을 참지 못해 칼을 빼어들고 나는 듯이 달려가니, 번왕이 신하들을 데리고 의논하고 있었다. 원수가 칼을 날려 방문을 깨부수고 칼을 높이 들어 번왕의 책상을 쳐 문밖에 내치고는 크게 꾸짖었다.

"벌써 죽일 놈을 이때까지 살려 두었도다."

칼을 들어 번왕의 목을 겨누며 치려 하니, 번왕은 기절하여 엎어지고 좌우 신하들은 다 도망했다. 번왕이 크게 겁을 내어 애걸하며 갈했다.

"무슨 일인지 들어 보고자 하옵니다."

원수가 노기등등怒氣騰騰하여 창을 들이대며 말했다.

"대왕을 어디로 모셨느냐. 빨리 이르라."

뇌성벽력雷聲霹靂 같은 소리가 번국을 진동하니, 번왕이 놀라 일어나 땅에 엎드려 애걸했다. 원수가 칼을 들어 번왕을 치려고 하자, 번왕이 다시 애걸했다.

"소원이 있사오니, 잠깐 들어주소서."

이때는 밤 깊어 삼경이라. 달빛도 없는 캄캄한 밤에 원수는 번왕의 흉계를 모른 채 꾸짖기만 했다.

"잔말 말고 계신 곳을 가리키라."

번왕이 모르는 체하면서 거짓으로 동쪽을 가리키기도 하고 서쪽을 가리키기도 하다가 꿇어 엎드려 빌면서 말했다.

"아까 들어와 목을 겨누며 태자의 거처를 물으니, 그 위엄에 놀라 어떻게 대답할지 몰랐소이다. 알지 못하겠노라, 태자의 거처를 번왕이 어찌 알리오."

원수가 분한 마음에 칼을 날려 번왕의 목을 치니 번왕이 놀라 엎어지면서 번왕의 상투가 땅에 나뒹굴었다.

"분명 목을 베었도다."

번왕이 기절하여, 죽었는지 살았는지 만져 보니 목은 성하고 상투만 없었다. 다급히 태자 계신 곳을 가리키니, 원수가 급히 별궁으로 달려 들어갔다.

태자가 여러 미인을 데리고 앉아 있거늘, 원수가 태자 앞에 엎드려 아뢰었다.

"이 어인 일이옵나이까?"

태자가 이리 들어온 까닭을 말하니, 원수가 듣고 분기충천憤氣衝天하여 태자를 모시고 거처로 나왔다.

번국 신하들이 다 모여 번왕을 위로하는데, 번왕 몸에 피가 낭자狼藉했다. 놀라서 다시 보니 손가락이 칼에 맞아 간데없는지라.

"이 일을 어찌하리오."

신하들이 모두 분개했다.

이튿날 원수가 중군에게 분부했다.

"군사를 재촉하여 어서 출발하도록 하라."

그러자 중군장이 들어와 아뢰었다.

"장수와 군졸 중 피곤함을 이기지 못해 앓는 자 모두 사십여 명이나 되옵니다. 약을 먹였으나 아직 차도가 없사오니 어찌하면 좋사옵니까?"

이 말을 듣고 원수가 근심하여 태자 앞에 나아가 아뢰었다.

"먼 길에 지치고 시달려 앓는 자 많다 하오니 여기서 머물며 병든 장졸을 잘 치료하고 갔으면 합니다."

태자께서 들으시고는 또한 근심했다.

"번왕의 흉계를 모르니 심히 두렵도다."

"그것은 염려하지 마옵소서. 신이 알아서 대처하오리다.'

아뢰고는 다시 중군에게 분부했다.

"앓고 있는 장수와 군졸을 잘 보살피라."

서번의 좌복야 벼슬하는 춘달이 도사를 찾아갔다.

"내 며칠 전 하늘의 별을 보니 상서로운 별이 번국을 비추고 있었도다. 그곳에 명장이 있으리라 생각했으니, 그 별은 분명 조웅의 별이로다. 이 장수를 쉽게 잡지는 못할 것이다. 그러나 이제 다른 묘책이 없는지라. 연주 땅 함곡은 골이 깊고 산악이 험한 곳이어서 날아가는 새라도 마음대로 출입하지 못하니, 밤에 함곡에 진을 치고 양쪽으로 성을 쌓은 뒤 골짜기 안에 잡목과 풀을 무수히 쌓아 놓고 좌우에 군사를 매복하였다가 이리이리하라. 비록 날아다니는 사람이라도 제 어찌 벗어날 수 있으리오. 부디 조심하여 행하라. 이 장수를 없앤 뒤에 나가 도우리라."

춘달이 도사의 말을 듣고 돌아와 번왕을 뵙고 도사가 한 말을 아뢰니 번왕이 그대로 하였다.

며칠을 머문 뒤 출발은 했으나 병든 군사는 아직도 다 낫지 않은지라.

"말을 태워 가는 것이 좋겠다. 번국 말 삼십 필을 들이라."

원수가 분부하나 번국이 끝내 거역하고 말을 들이지 아니했다. 원수가 분노하여 군사에게 "번왕을 급히 잡아들이라." 명했다.

명령 소리가 천지에 진동하니, 번국 신하들이 놀라 그제야 말 사십 필을 들였다. 원수가 말을 받아 병든 군사를 태워 데리고 출발하여 갔다.

길을 가는데 길가에 쉴 곳을 다 없애고 전에 없던 성을 쌓고 성안에 집을 지었다. 성문에 도착하니 문을 굳게 닫고 열어 주지도 않았다.

"수문장은 바삐 문을 열라. 대원수께서 태자 행차를 모셔 오느니라."

선봉장 위홍이 크게 소리치니, 수문장이 대답했다.

"군사들은 지휘하는 장수의 명령만을 들을 뿐 황제의 명령이라도 따르지 않는 것이라. 어떠한 도적이 성문을 제 마음대로 열라 하느냐?"

이 말에 원수가 몹시 노하여 명령했다.

"군병에게 성문을 깨부수게 하라."

장수와 군졸이 일시에 달려들어 성문을 부수고 성안으로 달려드니, 번국 장졸이 길을 막고 진을 치고 있었다. 원수가 태자를 성문 위 다락에 모셔 놓고, 홀로 말을 달려 수문장을 베어 그 목을 깃대에 달고 좌충우돌하니, 번진 장졸이 놀라 급히 동문을 열고 한꺼번에 달아났다. 태자도 다락에 올라 원수의 용맹을 보고는 마음속으로 탄복했다. 잠깐 동안 말에게 먹이를 주고 군사들도 잘 먹이고 나서 다시 출발했다.

'분명 나를 잡으려는 계교로다.'

원수는 이렇게 짐작하고 앞길을 잘 살피며 갔다. 숙소로 정해 둔 마을에 도착하니 역시 성을 쌓고 성안에 진을 치고 있었다. 한 장수가 창을 꼬나들고 말을 타고 나오며 성문 밖에서 외쳤다.

"역적 조웅아, 목을 내밀어 내 칼을 받으라. 어제 패한 분을 오늘 씻으리라."

"이 역적 놈아. 몸을 돌볼 줄 모르느냐? 부질없이 큰소리치지 말고 남은 목숨을 보존하여 돌아가라."

원수가 맞받아 외치니 번장이 달려들었다. 원수가 말을 달려 맞서 싸우더니, 불과 몇 번을 겨루지 않고 번장의 머리를 베어 던졌다.

　"번진에서 나를 당할 자 있거든 어서 달려오라."

　한 장수가 황금투구에 갑옷을 입고 긴 창과 칼을 높이 들고 몸을 날려 말에 올라 달려 나왔다. 원수가 대적하여 채 두 번을 겨루지 않았는데 원수의 칼이 빛나더니 번장의 머리가 말 아래로 뒹굴었다.

　"너희 진중에 장수가 얼마나 있느냐? 한꺼번에 나오면 모조리 죽여주리라."

　원수가 외치는 소리에 번진 장졸이 다 놀라 문을 굳게 닫고 나오지 못했다. 군사를 몰아 성안으로 달려드니 번진 군졸이 진을 치고 길을 막고 있었다. 말을 달려 번진 장졸을 짓치고* 들어가니, 주검이 산 같고 피가 흘러 내를 이루었다. 누가 조원수를 당할 수 있으리오! 한 칼에 능히 백만 군사를 감당할 만한지라.

　이튿날 다시 출발하여 또 한 마을에 다다르니, 역시 성을 쌓고 진을 치고 기다리며 길을 막고 있었다. 원수가 선봉의 머리를 베고 길을 헤치고 달려드니 십여 명의 장수가 재주를 자랑했다. 원수가 칼을 들어 십여 장수의 머리를 베어 성 밖으로 내치니, 번진 장졸이 한꺼번에 흩어지며 도망했다.

　이럭저럭 다섯 번째 관문을 돌파하고 여섯 번째 관문에 다다르니, 성문이 열린 채 성안이 조용했다.

　'분명 나의 용맹을 보고 다시 싸우지 않을 모양이로다.'

　원수가 이렇게 짐작하고는 성안에 진을 치고 군사들을 쉬게 했다.

* 짓치다 | 마구 치다.

한밤중이 되자 북소리, 나팔 소리, 군사들의 함성 소리가 천지를 진동했다. 원수가 놀라 달려 나와 바라보니 성 위에서 한 장수가 수많은 군졸과 함께 달려 내려왔다. 원수가 태자와 군사를 북문으로 보내 숨게 하고, 북문에 올라가 동태를 살폈다.

어둠이 깊은 밤인지라. 적진 장졸들이 서로 알아보지 못하고 치며 싸우다가 밟혀 죽는 자가 많았다. 한참 후 싸움에서 이겼다면서 불을 밝혀 장수와 군졸을 살펴보는데, 상한 자도 번진 군졸이요 죽은 자도 번진 군졸이라. 원수의 장졸이야 어찌 볼 수 있으리오. 번진 장졸이 다 놀라더라.

원수가 문 위에서 깃발을 들고 호령하니 장졸들이 일시에 달려들었다. 북을 쉴새없이 치며 소리를 크게 지르니, 번진 장졸이 머리가 어딘지 꼬리가 어딘지 분간을 못하고 어쩔 줄 몰라 했다. 원수가 긴 창을 높이 들고 성안을 이리저리 헤집고 다니니, 주검이 산 같고 피가 내를 이루었다. 번진 장졸이 모두 다 도망한 후, 태자를 모셔 오니 충신들이 모두 칭찬했다.

"번국의 강병을 원수가 아니었다면 어찌 물리칠 수 있으리오."

충신들이 서로 위로했다.

관문에서 도망한 장졸이 돌아가 번왕에게 죽기를 청했다.

"소장 등이 여섯 관문을 지나는 동안 조응을 잡지 못하고 다 패하였사오니, 무슨 면목으로 전하를 뵈며, 어찌 전하의 장졸이라 하오리까."

"이기고 지는 것은 싸움에서 항상 있는 일이라. 누구를 탓하리오."

번왕이 말은 그렇게 하나 분을 참지 못하였다.

번왕이 연주자사에게 그동안의 일을 공문으로 알리고 앞일을 당부했다.

조원수가 떠날 때 번국 말 삼십 필을 가져갔으나 돌려보내지 아니하였으니, 연주에 들어가거든 그 말을 달라 하라. 만일 아니 주거든 빼앗아 보내라.

원수는 여러 날 만에 연주에 도달하여 군사와 말을 다 쉬게 했다. 원수도 노곤하여 쉬는데, 나비 한 쌍이 침상에 날아들었다. 어느새 원수도 날개를 얻어 나비를 따라 공중에 날아 한 곳에 이르니, 첩첩산중疊疊山中에 나무가 울창했다. 더욱 깊이 들어가니 그 가운데가 드넓은데, 완연한 별세계라. 계속 들어가니 높이 솟은 궁궐이 하늘에 닿아 있었다. 가까이 가 보니 문에 현판이 붙어 있는데, '만고충렬문萬古忠烈門'이라 뚜렷이 쓰여 있었다. 전각殿閣을 바라보니 한 노인이 자리에 높이 앉아 있는데, 얼굴은 수려하고 머리에 황금관을 쓰고 용포*를 입고 있었다. 그 아래 많은 사람이 늘어 앉아 잔치를 벌이는데, 술과 안주가 풍족히 널려 있었다. 그 중에 아름다운 미인들이 차례로 앉아 있는데, 그 아름다움은 비할 것이 없었다. 자리를 가득 메운 사람이 역대 임금의 흥망성쇠를 비롯한 만고의 역사를 역력히 이르는지라.

높이 앉은 제왕이 분부했다.

"그대들은 각각 공을 밝혀 올리라."

모든 사람이 각각 공을 써서 올렸다. 이 모든 사람의 공을 어찌 다 기록하리오. 사람마다 가슴속에 품은 바를 다 풀어내니, 어떤 이는 분한 마음 어쩔 줄 모르고, 어떤 이는 검을 뽑아 휘두르고, 어떤 이는 뛰는 듯 나는 듯하고 춤추는 듯 노래하는 듯한지라. 이러한 모습을 찬찬히 구경하는데, 한 사람이 앞으로 나앉으며 말했다.

"우리의 각자 가슴속에 품은 사연은 다 지난 일이니, 한탄해도 소용없었다. 그러하나 모르겠도다! 송나라가 역적에게 망했으니 언제 회복이 될 것인가?"

"송나라의 회복은 아직 멀었도다. 그러나 어찌 회복되지 않으리오."

---

* 용포(龍袍) | 임금이 입던 옷. 누런빛이나 붉은빛의 비단으로 지었으며, 가슴, 등, 어깨에 용의 무늬를 수놓았다.

"그대들은 알지 못하는도다. 하늘이 송나라를 회복하려고 조웅에게 이를 명하였더니, 불쌍하도다 조웅이여! 오늘 해뜨기 전에 서번의 간악한 계략에 빠져 죽을 듯하니 불쌍하도다. 조웅의 일도 우리와 같을지라. 정해진 인생을 못 마치고 난리중에 패하여 원혼冤魂이 될 듯하니 이 어찌 불쌍하고 가련하지 않으리오."

이렇듯 말을 주고받을 때 문을 지키던 군사가 급히 들어와 고했다.

"송나라 문제가 들어오시나이다."

사람들이 일시에 아래로 내려가 영접했다. 문제가 자리에 앉자 사람들이 여쭈어 보았다.

"오늘 만날 약속을 하시고 어찌 이리 늦었사옵니까?"

"송나라를 회복할 신하는 조웅이라. 오다가 한 곳에 보니 서번이 조웅을 잡으려고 이러저러하였거늘, 행여 그리하면 조웅이 죽을 듯하여, 선생을 찾아가 조웅을 구하라 부탁하고 오는 길이라."

"우리는 분명 조웅이 죽으리라 불쌍히 생각하였더니, 운수가 막히지 아니하였사옵니다. 이 또한 하늘이 정한 운수가 아니겠사옵니까?"

사람들이 외치는 소리에 놀라 깨니 한바탕 꿈이라.

원수가 잠에서 깨어나 앉아 있는데, 문밖이 요란했다. 북소리, 나팔 소리, 고함 소리 진동하거늘, 이상하여 중군장 원충을 불러 물었다.

"왜 이리 요란하뇨?"

"연주자사가 번국 말 삼십 필을 빼앗아 왔다고 내놓으라기에 주지 아니하니, 장졸을 수없이 보내어 우리 진중에 들어와 군마軍馬를 탈취했사옵니다. 그리하여 이를 잡아 결박하였나이다."

하고 잡아들인다. 원수가 크게 노하여 군사들은 곤장을 쳐 보내고 연주자사는 목을 매단 뒤에 이 일을 태자께 고했다.

"소신이 한 꿈을 꾸었사온데 이러이러하기로 이를 아뢰옵니다."

꿈 얘기까지 고하자 태자께서 들으시고 매우 놀라며 공중을 향해 통곡하셨다.

장졸을 각별히 타일러서 경계하고 행군 중 꿈꾼 일을 생각하니 마음이 슬펐다. 슬픔을 머금고 하루 종일 가되 염려가 끊이지 않았다. 이 날 함곡에 다다르니 해는 서산 위로 지고 달이 동쪽 고개에서 떠오른다. 무심한 원숭이는 달빛 아래 슬피 울고, 한 맺힌 두견새도 슬피 노래했다. 갈 길은 험한데, 겹겹이 둘러싼 봉우리는 가슴을 찌르는 듯하고 달빛은 희미했다.

선봉을 재촉하여 함곡으로 들어가 바라보니, 동쪽 작은 골짜기에서 베옷입은 노인이 푸른 나귀를 재촉하며 흰 깃털 부채를 부치면서 나오더니 원수를 가로막았다. 노인을 보니 정신이 황홀했다. 말을 멈추고 기다렸다.

"연주에서 오시나이까?"

"그러하오이다."

"위국으로 가는 조원수를 혹 보셨으면 바삐 일러 주소서."

원수가 마음속으로 의심하면서도 한편으로 괴이히 여기며 대답했다.

"내가 조웅이옵니다. 무슨 일로 찾나이까?"

노인이 매우 기뻐하며 말했다.

"나는 천지에 집 없이 떠도는 나그네이옵니다. 성품이 남들과 달라 빼어난 산천의 명승지를 구경하며 두루 다니옵니다. 어느 날 한 곳에 들어갔다가 천관도사를 만나 여러 날을 머물렀습니다. 그곳을 떠날 때 천관도사가 편지를 주며 오늘 오시午時에 조웅에게 전하라 하기에, 나귀를 재촉해 급히 왔사옵니다. 행여 못 만날까 염려했는데, 이곳에서 만나니 어찌 즐겁지 아니하리오."

그러고는 편지를 내어 주고 인사하더니 가 버렸다. 원수가 고개를 들어 다시 보니 간 곳을 알 수 없었다. 속마음에 신기하게 여기며 그 편지를 급히 보니 '함곡으로 들어가지 말고 먼저 성안으로 들어가 방포*하라.'고 했다.

편지 보고 크게 놀라 좌장군 위홍창을 불러 분부했다.

"장졸에게 함곡에 들어가지 말도록 하라."

"선봉이 이미 함곡으로 들어갔나이다."

홍창이 급하게 아뢰었다.

"급히 들어가서 선봉을 데려오라. 조금도 동요하지 말고 그곳에 머무르는 체하다 하나 둘씩 숨어 나와 즉각 내게로 데려오라."

원수가 매우 놀라 명령하니, 홍창이 급히 가서 전했다. 선봉이 군사를 되돌려오니, 원수가 기뻐 평지에 진을 치고 군사들에게 분부했다.

"장졸들은 조금도 동요하지 말고 깃발과 칼과 창을 모두 다 내려놓고 시끄럽게 떠들지 마라."

중군장 오원충을 불러 분부했다.

"그대는 선봉으로 장졸을 거느리고 성문 좌우에 매복하였다가 이리이리 하라."

또 밤이 되자 우군장 유연태를 불러 분부했다.

"그대는 가만히 함곡 성에 들어가 방포하고 급히 도망하여 오라."

연태가 명령을 받은 뒤 몰래 성에 들어가 방포하고 도망하니, 이윽고 성 안에서 함성 소리 진동하며 번진 병졸이 고함치며 달려 나왔다. 중군장 원충이 이를 결박하니 모두 삼백여 명이라.

원충이 이들을 원수의 휘하麾下에 올리니 크게 기뻐했다. 승전고를 울리며 잡혀온 군졸들은 풀어 주고 장수 이십여 명에게 죄를 물으며 분부했다.

"내가 너희를 다 죽일 것이로되 특별히 관대하게 용서하여 살려 보내니 돌아가 번왕에게 '연주자사는 심술이 너와 같기로 목을 매달았노라.'고 전하라."

이 날 밤에 불길이 온 산을 다 태우며 번져 나가자 장수와 군졸 모두 견디지 못하고 진을 멀리 옮겨 밤을 지냈다. 그 뜨거운 열기에 본진으로 돌아오는 장수와 군사들이 땀을 비 오듯 흘렸다.

함곡을 지나는데 산이 무너지고 좌우의 암석도 다 불에 달구어져 땅에 발을 디디기 어려웠다. 골짜기에 어찌 들어가리오. 할 수 없이 군대를 돌려 한 마을로 들어가니 마을 사람들이 다 겁을 내어 도망했다. 그 마을에서 3일을 머무르고 출발하여 다시 함곡을 지나는데, 뜨거운 기운이 여전히 남아 있었다.

여러 날 만에 위국 계양 땅에 도착하니, 계양태수가 마중 나와 위왕의 편지를 받들어 올렸다.

"실로 부모님 편지를 본 듯하도다."

원수가 크게 기뻐하며 급히 떼어 보았다.

모월 모일에 위왕은 한 자 소식을 원수께 보내느라. 이별이 오래라. 수만리 험한 길을 무사히 도달했으며, 태자는 별 탈이 없는가. 나는 그대와 성 위에서 이별한 뒤 소식이 막혀 밤낮으로 근심하다 병이 드니 백 가지 약이 모두 쓸모없도다. 그대가 근심할까 하여 부인을 모셔 왔으니, 멀리 낯선 곳에서 너무 걱정하지 마라. 부인은 별 탈 없이 편안하시니 빨리 돌아와 부인의 걱정과 과인의 근심을 덜게 하라.

원수와 태자가 위왕의 편지를 보고 몹시 기뻐했다.

"이제 무슨 염려 있사오리까?"

"위국 땅에 들어왔으니 무슨 염려 있으리오?"

* 방포(放砲) | 군장(軍長)의 명령으로 빈 포(砲)를 쏘아 소리를 내던 일.

태자와 충신들이 모두 즐거워하며 안심하고, 장수와 군졸들이 태자와 원수의 은덕으로 위험에서 벗어남을 감사했다.

　원수 또한 위국으로 소식을 보냈다.

　대국 충신 위국 대원수 조웅이 송나라 왕실의 대왕을 모시고 모월 모일에 계양 땅에서 출발하옵니다.

　위왕이 이 소식을 듣고 몹시 기뻐 신하들에게 명하여 날마다 맞이할 준비를 하면서, 각 도 각 읍에 분부했다.

　"태자와 원수를 맞이하고 대접하는 모든 일을 각별히 하라."

　원수가 길을 떠나 위국으로 오는 길에 자사와 수령들이 끊이지 않고 빠짐없이 나와 맞이했다.

　여러 날 만에 위국에 도착하니 위왕과 신하들이 멀리 국경에까지 나와 기다려 맞이했다.

　"소왕이 이제서야 태자를 뵈니 죽어서 지하에 간들 무슨 면목으로 선황제를 뵈오리까? 불충한 이 죄를 어찌 면하오리까?"

　위왕이 태자에게 엎드려 네 번 절하고 머리를 조아리며 무수히 사죄했다.

　"내 이렇게 살아 돌아온 것은 모두 위왕의 덕이라. 어찌 감사하지 아니하리오."

　태자가 위왕을 못내 위로하셨다.

　위왕이 또 여러 충신을 보고 통곡했다.

　"살아서 이렇게 만날 줄을 어찌 꿈엔들 생각했으리오."

　위왕이 장수들과 군졸들을 위로했다.

　"너희가 수만리 먼 길을 무사히 돌아오니 과인이 위로하노라."

"성상聖上 덕택으로 목숨을 보존하와 무사히 돌아오니 은덕을 어찌 갚사
오리까?"

모든 장졸이 일시에 절하며 하례했다.

왕이 태자와 조원수를 다 모시고 궁궐로 돌아오니 도성 안의 남녀노소 인
민人民이 그 성덕을 치하했다. 대부인 장씨와 왕부인, 위부인이 조원수가 돌
아온다는 소식을 듣고 즐거워하니, 그 기쁨은 헤아릴 수 없었다.

원수가 들어오니 왕부인, 위부인이 원수의 손을 잡고 기뻐하며 말했다.

"너를 보니 이제 죽는다 한들 무슨 여한이 있으리오. 또 태자를 모셔 왔다
하니 더욱 즐겁도."

원수가 두 부인을 위로하고 장씨를 돌아보며 말했다.

"은혜를 어찌 다 갚으리오?"

이렇듯 만남의 기쁨을 나눈 뒤에 왕부인이 태자전에 들어가 땅에 엎드려
네 번 절하고 통곡했다.

"대왕께서는 안녕하시옵니까? 대왕을 살아 다시 만나니 이제 죽어도 무
슨 한이 있사오리까?"

"나는 다시 살아난 사람이라. 원수의 덕으로 목숨을 보존하여 이곳에 와
부인을 뵈니 어찌 기쁘지 아니하리오."

태자께서도 눈물을 흘리시며 위로하셨다.

원수는 고국 충신들을 다 불러 큰 잔치를 열고 날마다 즐거워했다. 위왕
이 태자를 뵈러 오자 원수가 위왕께 고했다.

"소장이 데려갔던 장수와 군졸들이 매우 고생하였으니 바라옵건대 전하
는 이들을 각별히 쓰옵소서."

"원수 마음대로 할 것이거늘 어찌 나와 의논하느뇨? 지나가는 손님이라

생각하고 과인의 말을 매번 사양하니 지나치도다. 남의 조정이라 여기나 위국 사직과 군신 백성을 보존한 것은 다 원수의 덕이라. 이제 원수가 주인과 손님 사이로 나를 대하니 어찌 섭섭하지 아니하리오?"

"소장이 어찌 조금이나마 손님처럼 행하오리까? 지금 소장에게 조정 일을 마음대로 처단하라 하오나, 소장의 벼슬이 본디 그와 같은 일을 할 수 있는 지위가 아니옵니다. 분부를 어찌 받들어 거행하겠사옵니까? 조정에는 각각 맡은 바 소임이 있고, 소임에 따라 일을 처리하는 것이니, 어찌 분부를 받들어 거행하오리까?"

원수가 엎드려 아뢰자 왕이 들으시고 말씀하셨다.

"그 말이 이치에 합당하도다. 원수는 이 늙은이의 말을 탓하지 마소서."

그러고는 장졸을 불렀다.

"너희가 과인을 위하여 먼 길을 무사히 돌아오니 그 공이 적지 아니했다."

차례로 벼슬을 올려 주시고 천금의 재물을 주시니 모두 성은에 감격해했다.

이때 서쪽의 관문을 지키는 장수가 서번왕이 등창이 나서 죽고 맏아들인 달이 새로이 즉위하였다는 보고를 했다. 위왕과 원수가 듣고 말씀하셨다.

"마땅히 죽을 만하니라."

위왕이 원수와 모든 충신과 더불어 이야기를 나누다가 문득 말씀하셨다.

"여러분께 할 말이 있으나 행여 정신 나간 말이라 할까 염려되는지라."

"무슨 말씀이옵니까?"

"이제 태자를 모셨으니 그 즐거움이 끝이 없도다. 다만 안타까운 바는 태자 이미 혼인할 나이가 됐으나 고국에 돌아가도 마땅히 결혼할 상대가 없는 것이라. 내가 다만 딸자식 둘을 두었으되, 큰딸의 나이는 열여섯이요, 둘째

딸은 열넷이라. 여러 해 동안 사윗감을 찾았으나 지금까지 정하지 못하였도다. 이제 태자도 미혼이고, 원수도 정하긴 하였으나 아직 육례*를 갖추지는 못하였으니, 내 마음은 큰딸은 태자께 부탁하고 둘째딸은 원수께 부탁코자 하는데, 그대들의 생각은 어떠한가?"

"말씀에 지극히 감격하온지라. 대왕이 어찌 허락하지 아니하오며 원수도 사양하오리까?"

이 말을 듣고 원수가 대답했다.

"소장은 이미 혼인하였으니 의논치 마시고 대왕의 혼인이나 정하옵소서."

신하들도 이 말이 옳다 하고, 모두 태자전에 들어가 위왕의 뜻을 아뢰니, 태자가 흔쾌히 허락하셨다.

이 날 원수가 돌아와 위왕의 말을 여쭈오니, 왕부인은 즐거워 아니하시고 위부인은 크게 화를 냈다.

"위왕이 정말 무례하도다."

위부인이 분한 마음을 진정하지 못하거늘, 장씨가 위로했다.

"위왕 말씀이 괴이한 것만은 아니니 어찌 마음에 담아 두리까? 화를 참으시고 조금도 걱정하지 마옵소서."

또 원수를 돌아보며 말했다.

"원수께서 처첩妻妾 두기를 저를 위해 꺼리시나 대장부 어찌 처만 있고 첩이 없을 수 있사오리까? 또 위왕이 이같이 간절히 말씀하오니 어찌 좋은 인연을 버리오리까? 위왕의 딸을 첩이 직접 보아 정하오리다."

장씨가 오히려 기쁜 마음으로 일어나 시비를 데리고 위국 궁중에 들어가 두 공주를 보니, 그 화려함과 덕행이 다른 사람에 비할 수 없는지라. 참으로

---

* 육례(六禮) | 혼인의 여섯 가지 예법. 납채(納采), 문명(問名), 납길(納吉), 납폐(納幣), 청기(請期), 친영(親迎)을 이른다.

요조숙녀라. 또 충성스럽고 효성스러운 마음씨가 얼굴에 나타나므로, 마음 속으로 칭찬하고 돌아와 왕부인, 위부인께 그 용모와 재덕을 못내 치하하며, 원수께도 치하하며 말했다.

"요조숙녀는 군자의 좋은 짝이라. 이는 원수의 배필이오니 어찌 아름답지 아니하리오?"

막무가내로 권하나 왕부인은 잠잠했다.

"내 본디 처첩에 뜻이 없더니 부인이 이처럼 힘써 권하오니 어찌 뜻을 굽혀 듣지 아니하오리까?"

원수가 마침내 허락하고 이 뜻을 위왕께 아뢰니, 위왕이 몹시 기뻐하며 즉시 좋은 날을 잡아 태자와 원수가 한날한시에 혼인하게 되었다. 대궐에 잔치가 크게 열렸는데, 온갖 보석으로 화려하게 꾸민 궁궐에 등불을 수없이 밝혀 놓으니, 그 광채 영롱했다. 패물을 찬 궁녀들은 좌우에 늘어서고, 두 부인의 빛나는 모습도 해와 달에 못지않았다.

혼례를 다 치룬 뒤 10일 만에 왕부인께 예의를 갖춰 문안드리니 위부인과 장씨는 공주의 손을 잡고 못내 사랑했다. 그러나 태자와 공주는 비록 혼인하였으나 나아가 문안드릴 곳이 없으니 그 비통함을 금하지 못했다. 태자는 일처이첩一妻二妾이요, 원수는 이처일첩二妻一妾이라.

하루는 금련이 울며 아뢰었다.

"소첩이 원수의 하늘 같은 덕택으로 고국에 돌아와 몸이 편안하니 죽어도 여한이 없사옵니다. 다만 어미의 소식을 모르오니, 원수께서는 소첩의 어미가 살았는지 죽었는지 알아주옵소서."

원수가 깨닫고 위왕께 금련의 일을 아뢰니, 위왕이 금련의 모친 용모를 그려 각 도 각 관에 보내 찾았다.

금련의 모친 양씨는 금련을 난리중에 잃고 밤낮으로 통곡하고 지내더니 급히 위국에 들어가 억울한 사연을 써서 올렸다.

　"소인은 자식을 번국의 진중에서 잃고 혈혈단신으로 찾아가지 못하여 밤낮으로 서러워하며 살고 있사옵니다. 원수께서 번국에서 오셨다 하오니 번국 일을 아실지라. 자식의 소식을 알까 여쭈옵나이다."

　원수가 이 글을 보고 크게 놀라 급히 양씨를 불러 금련에게 보내니 금련이 어머니를 보고 놀라 통곡했다.

　"어머님은 산 사람이옵니까, 죽은 귀신이옵니까? 죄 많은 소녀는 불효막심하온 금련이옵이다."

　모녀가 서로 붙들고 크게 통곡하더니 양씨가 끝내 기절했다. 계집종들이 구하여 비로소 정신을 차린 후 서로 그리던 일을 말하며 못내 즐거워했다.

학산으로 가라

조원수가 왕부인께 아뢰었다.

"소자 잠깐 나가 선생을 찾아보고 대국 소식을 알아본 뒤 돌아오겠나이다."

이 말에 모든 부인이 놀라 당부했다.

"부디 아무 일 없이 빨리 돌아오기를 바라나이다."

원수가 부인들과 위왕, 태자와 충신들에게 하직하고 떠났다.

홀로 말을 타고 길을 떠나 여러 날 만에 강선암에 도착하니 산중은 고요하고 인적이 없었다. 원수가 크게 실망하여 어찌할 줄 모르다가 문득 살펴보니 층암절벽 위에 여자 아이가 약초를 캐며 무슨 노래를 부르고 있었다. 그 노래 소리가 맑고 고운데 울림이 마치 바위를 깨치는 듯했다. 놀라고 의아해 귀 기울여 들으니 그 곡조는 다음과 같았다.

돌길을 좇아오는 손님은 분명 속세의 나그네라.

팔천 병사 어디 두고 홀로 천 리 길을 오셨는가?

옛 은혜를 생각하고 선생을 찾아온들

흰 구름 잡아타고 간 곳이 막막하다.

바위 위에 저 장군은 갈 길이 바쁜지라.

학산鶴山에 일이 있으니 그리로 갈지어다.

원수가 다 듣고는 미친 듯이 가서 물으려고 하니 벌써 간데없었다. 쓸쓸히 마을로 나와 학산을 물으니 대국 번양 땅에 있다고 했다.

한 곳에 다다르니 한 사람이 긴 칼을 허리에 차고 홀로 말을 타고 급히 오거늘 원수가 나아가 말 위에서 인사하고 물었다.

"여기서 번양 땅이 얼마나 됩니까?"

"이 길로 수백 리를 가면 번양 땅이옵니다."

"그대는 어디로 가시나이까?"

"나는 대국에 있는데 왕명으로 태산부 계량도로 급히 가나이다."

이 말을 듣고 원수가 크게 놀라 물었다.

"무슨 일로 가나이까?"

"계량도에 귀양살이하는 송나라 태자에게 사약을 가지고 간 사신이 네댓 달이 되도록 소식이 없소이다. 천자께서 노하시어 나에게 태자의 사약을 내리고 먼저 간 사신은 잡아오라 하시기에 가는 길이오."

이 말에 원수가 크게 분노했다.

"나는 충신 조정인의 아들 조웅이라. 역적 이두병과 간신 무리를 어찌 살려 두리오?"

말을 마치자 칼을 들어 사신의 목을 치니 말에서 거꾸로 떨어지거늘, 말에 매달고 채찍질하여 순식간에 번양 땅에 도달했다.

그곳에서 한 노인을 만나 길을 물었다.

"학산은 어디로 갑니까?"

"저 산이 천수동인데 그 골짜기 안에 학산이 있다고 하나 가 보지는 못하였소."

노인의 대답을 듣고 산중으로 들어가니, 비탈길은 공중에 반쯤 걸려 있고 숲이 무성한데, 두견새는 슬피 울고 수려한 산은 깊고 험악하여 첩첩이 쌓였는지라. 깊이 들어가니 길가 넓적한 바위 위 소나무 아래에 한 노승이 앉아 있었다. 노승은 고깔을 벗어 소나무 가지에 걸어 놓고 긴 대나무 지팡이를 바위 위에 세워 두고 단정히 앉아 무슨 책을 보다가 원수를 보고 놀라며 모르는 체했다. 원수가 이상하여 큰소리로 불렀으나 노승은 들은 척도 아니했다.

원수가 매우 노하여 칼을 빼 중을 치려 하니, 중이 겁을 내며 글 두 귀를 던지고 층암절벽 위로 나는 듯이 달아났다. 급히 쫓아갔으나 간 곳이 묘연했다. 의아하게 생각하며 돌아와 그 글을 보니, '푸른 산이 아득한데 나그네가 내닫거늘 흰 구름은 선경仙境보다 더욱 깊도다. 노승이 유인하니 진실로 그 위에 집이 있음을 알겠다.' 고 쓰여 있었다.

원수가 그 집을 찾아 들어가 주인을 부르니 동자가 나와 사립문을 열고 원수를 인도했다.

"주인은 뉘시며 어디 계시오?"

"이 집은 천관도사께서 왕래하시는 집이옵니다. 조금 전에 도사께서 말씀하시기를 '오늘 손님이 오실 것이니 이것을 두었다가 전하라.' 고 하시고 가셨사옵니다."

그러고는 편지를 내어 주었다. 받아 보니 '급히 학산에 가서 이두병의 머리를 베라.' 고 쓰여 있었다.

원수가 다 읽고 놀라고 또한 기뻐하면서 동자에게 다시 물었다.

"어디로 가야 학산이며, 도사는 어디로 가셨는가?"

"이 길로 가시면 선생님 계신 곳으로 가고, 저 길로 가시면 학산으로 가나이다."

동자의 말을 듣고 원수가 도사를 보려고 층암절벽 위로 올라가니 얼마 가지 않아서 난데없이 흰 호랑이들이 울부짖으며 달려들었다. 형세가 위급하여 넘어질 듯 급히 도망하니 호랑이들도 쫓아오며 계속 달려들었다. 형세가 점점 위태로워지자 가지고 있던 사신의 머리를 던지니 호랑이가 사신의 머리를 물고 이리저리 굴리며 먹고 갔다.

　원수는 할 수 없어 학산으로 향했다. 물어물어 찾아가니, 좌우의 산천은 하늘에 닿은 듯하고 가운데는 광활하게 열렸는데 수천 명의 군사와 말이 진을 치고 있었다. 원수가 보니 군대의 위엄이 서릿발 같은지라. 괴이하여 숨어서 살펴보니 남쪽 장대*에서 한 사람을 결박하여 장대 아래에 꿇리고 크게 꾸짖었다.

　"너는 송나라의 기둥과 같은 신하요 대대로 나라의 녹봉*을 받았도다. 벼슬이 일품에 이르렀고 재물을 산처럼 모아 귀와 눈을 즐겁게 하고 마음을 기쁘게 했도다. 그런데도 너는 부족하다 여기고 반역했으니, 어찌하여 역적이 되었단 말인가? 태자는 무슨 죄로 만 리 밖에 귀양살이 보냈는가? 그 은혜 하늘같이 높고 땅같이 깊은 줄을 모를지언정 사약은 무슨 일인고? 넓고 넓은 천지간에 용납할 수 없는 네 죄목을 조목조목 생각하니 죽여도 애석하지 않다. 무지한 백성도 널 처단하길 원하는지라."

　결박한 사람을 수레 위에 높이 올려놓고 '역적 이두병'이라 이름을 분명히 적어 달아 놓았다. 원수가 크게 분노하여 칼을 들고 우레같이 소리 지르며 달려들었다.

　"역적 이두병아, 목을 늘이어 내 칼을 받아라."

　원수가 목을 치니, 목이 말 아래에 떨어졌다. 배를 찔러 헤쳐 보니 사람은

---

* 장대(將臺) | 장수가 올라서서 군사를 지휘한 높고 평평한 대.
* 녹봉(祿俸) | 벼슬아치에게 1년이나 계절 단위로 나누어 준 쌀, 보리, 명주, 베, 돈 따위의 금품을 통틀어 이르는 말.

아니요 허수아비를 만들어 그 모습을 그려 붙였는지라. 비록 허수아비라도 어찌 아니 즐거운가!

"소장은 전前 조정의 충신 조정인의 아들이옵니다. 나라 밖의 사람으로 미리 아뢰지 않고 여기에 참여하였으니 죽음의 처벌을 내려도 애석하지 않소이다."

원수가 나아가 아뢰니, 진중의 사람들이 크게 놀라며 원수를 붙들어 앉힌다.

"그대 어찌 목숨을 보존하였으며 태자 소식은 아는가?"

"이두병의 화를 면하시고 지금은 편안하시옵니다."

원수가 대답하니, 그 자리에 있던 사람들이 다시 놀라며 모두 일어나 공중을 향해 두 손을 모으고 땅에 엎드려 네 번 절했다.

"하늘이 도우시어 오늘날 우리 대왕이 안녕하시다는 소식을 들으니 이제 죽는다 한들 무슨 한이 있사오리까?"
하며 매우 즐거워했다.

"좌중의 여러분을 알지 못하옵니다. 여러분이 이곳에서 만나기로 약속함은 무슨 일입니까?"

원수가 물으니 머리가 하얗게 센 노인이 원수의 손을 잡고 눈물을 흘리며 말했다.

"너는 나를 모르겠느냐? 나는 네 어미의 사촌인 왕태수라. 네가 어릴 때 나와 이별하였으니 어찌 알겠는가? 우리는 이두병의 난을 만나 각각 도망하였는데 수개월 전에 여기서 만나기로 약속하였도다. 피난하였던 인민도 우리의 소식을 알고 약속하지 않고서도 모인 사람이 오천 명이라. 어찌 반갑지 아니하리오? 그러나 아직 군사를 지휘할 장수도 만나지 못하고 때만 기다렸도다. 오늘 이 일은 모든 충신이 밤낮으로 분을 이기지 못하여 이두병의 허수아비를 만들어 우선 분을 덜고자 한 일이라. 다시 묻나니 너는 어디가서 살았으며 태자와 네 모친은 어디에 계시느냐? 이두병의 포악暴惡을 어찌 면하였으며 태자를 어찌 구원하였느냐?"

원수가 다시 땅에 엎드려 통곡했다.

"조카가 살아서 다시 만나 뵈니 이제 죽는다 한들 여한이 없사옵니다."

원수가 처음에 모친을 모시고 환란을 피한 일이며, 한 곳에 머물며 하늘의 명만 기다리다가 우연히 천관도사를 만나 술법을 배운 일이며, 위국에 들어가 서번을 쳐 승전하여 대원수가 된 일이며, 계량도에 들어가 사신을 베고 태자를 구한 일이며, 태자를 모시고 오는 길에 번국에서 죽을 뻔한 일이며, 이로 인하여 위왕의 부마된 일이며, 선생의 편지를 보고 학산으로 오게 된 일 등을 차례로 아뢰니, 좌중의 사람들이 또 한 번 놀라 원수를 붙들고 이야기하며 칭찬했다.

"고금에 이런 통쾌한 일이 또 어디에 있으리오? 하늘이 감동하셔서 이런 영웅을 내시었도다. 이제 송나라 황실을 회복하고 역적을 잡게 되었으니 어찌 즐겁지 아니하리오?"

원수를 못내 사랑하니, 그 즐거워함을 헤아리지 못하겠더라.

이즈음에 능주 땅에서 죽은 사신의 군졸이 황성에 들어가 사신이 조웅에게 죽은 사연을 아뢰었다. 황제가 듣고는 크게 놀라고 노하여 책상을 치며 신하들을 크게 꾸짖으며 말했다.

"어찌 그때 불과 수백 리 밖에 있는 조웅을 잡지 못하였는고. 마침내 황제의 사신을 마음대로 죽였으니 어찌 분하지 않은가? 이번에도 조웅을 잡지 못하면 모두에게 죄를 물을 것이로다."

이 말에 누가 겁내지 않으리오. 그때 좌승상 최식이 아뢰었다.

"엎드려 바라옵건대 폐하께서는 너무 걱정하지 마옵소서. 조그마한 조웅 잡기를 어찌 근심하리까? 이제 용맹 있는 무사를 골라 조웅을 잡게 하옵소서."

황제가 이 말을 옳게 여겨 중랑장 이황에게 일천 명의 병사를 주어 보냈다.

싸움의 길

학산에 모인 충신들이 조웅을 대사마 대원수로 봉하고 대국으로 행군했다. 원수는 머리에 투구를 쓰고 몸에는 갑옷을 입고 허리에는 활을 차고 하루에 천 리를 달리는 용총마를 타고 왼손에는 칼을 들고 오른손에는 긴 창을 들고 선봉先鋒에 서 나아갔다. 선봉군은 북을 울리며 진을 펼쳐 나아갔다. 깃발을 들고 창과 칼을 손에 쥐고 나아가는 군사들의 위용威容이 해와 달을 가리고 푸른 하늘에 닿을 듯했다. 장수의 호령과 위엄도 서릿발 같으니, 충신들이 모두 매우 칭찬했다.

"원수의 행군하는 법은 옛 삼국의 맹장 한신韓信, 팽월彭月과 같도다."

원수가 장수들을 호령하여 동쪽 관문을 짓쳐들어가니, 지나가는 곳마다 선봉 정예군精銳軍을 당하지 못하여 항복하지 않는 이가 없었다.

번양 땅에 이르니 태수 태원이 크게 놀라 군사를 가려 뽑아 길을 막았다.

"태수 태원은 빨리 나와 나의 날랜 칼을 받아라. 나는 충신 조웅으로 역적 이두병을 치러 가노라."

원수가 성내어 말하니, 태수가 그제야 몹시 기뻐하며 칼을 버리고 말에서 내려 땅에 엎드려 죄를 청했다.

"소장이 잘 알지 못하고 그릇되게 대군에 항거하였사오니 넓은 마음으로 용서해 주옵소서. 죄를 용서하옵고 진중에 두시면 힘을 다하여 원수의 뒤를 따르겠나이다."

그러고는 땅에 엎드려 애걸했다.

"너는 음흉한 도적이라. 이두병과 다름이 없는지라. 내 어찌 이두병의 신하를 씨 하나라도 남겨 두리오."

원수가 노하여 큰소리로 질책한 뒤 칼을 들어 말에서 내려치고 무기와 식량을 취하여 군사를 먹이고 길을 나서 황성을 향해 갔다. 원수가 군사를 일으켰다는 소식을 듣고 인민이 수없이 찾아왔다.

행군을 재촉하여 한 곳에 이르니 천여 명의 군사가 길을 막아 진을 쳤다. 원수가 이상하게 여겨 정탐해 보니 이 또한 계량도로 가는 사신이라.

"빨리 목을 늘이어 내 칼을 받아라. 나는 충신 조웅이라."

원수가 크게 성내어 말하니, 군사들은 일시에 물러나고 사신은 칼을 들고 달려들며 크게 원수를 꾸짖었다.

"역적 조웅아 어찌 만남이 이리 늦었는가? 이는 반드시 내 너를 잡아 공을 이루라고 하늘이 지시한 바라. 어찌 기쁘지 아니하리오? 오늘날 너의 머리를 베어 우리 황상의 평생소원을 풀어 드리리라."

원수가 이 말을 듣고 더욱 노하여 크게 꾸짖었다.

"너 같은 간사한 놈은 살려 두어 쓸데없는지라. 우선 너를 죽여 분함을 덜리라."

그러고는 달려들어 서로 싸우는데 채 한 번을 겨루지 못해 원수의 칼이 번쩍하더니 사신의 머리가 말 아래에 떨어졌다. 원수가 사신의 머리를 창끝에 꿰어 들고 본진으로 돌아오니 여러 장수와 군졸이 하례하고 충신들이 칭찬했다.

사신의 군졸이 도망하여 황제인 이두병에게 조웅이 번양 태수와 사신의 목을 벤 일을 고하니, 황제가 몹시 놀라 어찌할 줄을 몰랐다. 문득 서쪽 관문의 장수가 보고를 올렸다.

"조웅이 군사 팔십 만을 거느리고 화살처럼 빨리 서주로 쳐들어오고 있으니 엎드려 바라건대 황상은 급히 군사를 거느려 도적을 막으소서."

황제가 크게 놀라 여러 신하들을 돌아보며 울며 말했다.

"이를 어찌하리오?"

말을 마치기도 전에 좌장군 장덕이 앞으로 나서서 아뢰었다.

"소신이 비록 재주는 없사오나 한 번 북을 쳐 조웅을 사로잡아 폐하께 바치겠나이다."

"바삐 나아가 짐의 분을 덜라."

황상이 매우 기뻐하며 분부하자 장덕이 머리 숙여 명령을 받들고 군사를 가려 뽑아 행군했다.

원수가 행군하여 서주 땅 계양산 기슭에 이르니, 계양산 깊은 골짜기에서 한 장수가 갑옷을 입고 긴 창을 들고 말 탄 군사 삼백을 거느리고 나와 원수의 말 아래 엎드리며 아뢰었다.

"소장은 전 조정의 충신 강굴의 아들 백이옵니다. 이두병의 난을 만나 부친을 잃고 밤낮으로 망극하여 슬퍼하다가, 저에게 용맹勇猛이 약간 있기에 병서를 보고 군사 수백을 얻어 하늘의 때를 기다렸사옵니다. 오늘 원수를 만나니 어찌 반갑지 아니하리오? 바라옵건대 진중에 있다가 역적 이두병의 머리를 베어 대송을 회복하고 부친의 원수를 갚을 수 있기를 바라나이다."

원수가 크게 기뻐하면서 강백의 손을 잡고 말했다.

"그대 부친이 계량도에서 태자를 모시고 있거늘 구하여 위국으로 모셔 왔도다. 그대는 조금도 근심하지 마라."

강백이 이 말에 한편으로 기뻐하고 한편으로 슬퍼하면서 원수께 수없이 감사했다.

이럭저럭 기약 없이 모인 사람들이 십만에 가까웠다. 서주로 쳐들어가니 서주 자사 위길대가 말 탄 군사 삼천을 거느리고 진을 치며 길을 막았다. 원수가 크게 성내어 선봉장 강백을 불러 명령했다.

"그대가 나아가 맞서 싸워라. 오늘 너의 재주를 시험하리라."

강백이 대답하고 말을 내몰아 긴 창을 높이 들고 적진에 나아가 크게 외쳤다.

"나는 선봉장 강백이니라. 적장은 빨리 나와 목을 늘이어 나의 날랜 칼을 받아라."

강백의 소리에 적장 위길대가 분기충천하여 진문 밖으로 내달으며 크게 꾸짖었다.

"오늘 조웅을 잡아 우리 황상의 분함을 씻으리라."

위길대가 달려들거늘 강백이 긴 창을 날려 서로 싸우니, 두 마리의 호랑이가 서로 싸우는 모습이라. 십여 번을 겨루어도 승부를 가리지 못하더라.

두 장수의 검술을 보니 강백의 칼 쓰는 재주는 길대보다 배나 더하나 힘은 길대만 못했다. 원수가 분을 이기지 못하여 칼을 들고 진문 밖으로 내달아 크게 꾸짖었다.

"역적 위길대야! 너는 역적의 장수라. 두렵지 아니하느냐?"

호통을 치며 달려드니 길대도 격분하여 대답하지 않고 맞아 싸웠다. 채 한 번도 겨루지 못해 원수의 칼이 번쩍하더니 길대의 머리가 말 아래로 떨어졌다. 창으로 찔러 성문 깃발 위에 걸고 좌충우돌하니 하늘을 나는 호랑이처럼 날랬다.

위길대의 아들 위영도 용맹이 뛰어난 자라. 부친의 죽음을 보고 몹시 놀라 통곡하며 말했다.

"부친의 원수를 갚으리라."

분을 이기지 못하여 칼을 들고 내달으며 크게 꾸짖어 말했다.

"역적 조웅은 빨리 나와 대적하라. 오늘은 네 목을 베어 아비의 원수를 갚으리라."

원수가 바라보니 신장이 팔 척이고 눈은 방울 같고 얼굴은 검고 짙은지라.

"너는 젖비린내 나는 어린아이라. 어찌 나를 당하겠느냐? 같은 날 아비와 자식을 함께 죽이는 것이 불쌍하지만 이것도 네 운수라."

원수가 노하여 말하고 선봉장 강백을 불러 명령했다.

"대적하라."

강백이 말에 올라 창을 휘두르며 달려들어 위영을 쳤다. 위영이 급히 강백을 맞아 이십여 차례나 겨루어도 승부를 결정짓지 못하더니, 위영의 칼에 강백의 말이 찔려 쓰러졌다. 강백이 크게 놀라 말을 버리고 뛰어 공중으로 솟아오르더니 위영의 말 뒤쪽에 올라서며 칼을 날려 위영의 머리를 베어 말 아래로 내려쳤다. 그런 뒤 그 말을 빼앗아 타고 나는 듯이 본진으로 돌아왔다.

"그대는 실로 범상한 장수가 아니로다."

원수가 강백의 용맹을 보고 칭찬을 아끼지 아니했다.

적진 장졸이 서주 자사의 죽음을 보고 모두 도망하니, 원수가 승전고를 울리며 황성으로 향했다. 관산에 다다르니 적의 대군이 관산 기슭에서 진을 치고 기다리고 있었다. 원수도 나아가 적진을 마주 보고 산을 등져 진을 쳤다.

"아직 군사를 움직이지 마라."

중군에게 분부하고 적의 진 친 형세를 살펴보는데 문득 적진에서 한 장수가 나오며 크게 외쳐 댔다.

"역적 조웅은 빨리 나와 내 칼을 받아라."

진 앞에서 소리치며 왔다 갔다 하니 원수가 크게 성내어 진 앞으로 나서며 꾸짖었다.

"너는 조그마한 역적이라. 어찌 너를 살려 두리오? 나의 장수 하나를 보내니 너희 혼백을 이 장수 칼끝에 붙여 보내라."

그러고는 강백에게 명령하였다.

"나아가 대적하라."

강백이 창을 번쩍이며 말을 달려 나오면서 크게 꾸짖었다.

"무지한 역적 놈이 때를 모르고 당돌히 싸우고자 하니 어찌 가소롭지 아니하리오."

두 장수가 어우러져 접전하니 마치 두 마리 용이 여의주를 다투는 듯했다.

십여 번을 겨룸에 강백의 창이 번쩍하더니 적장의 머리가 말 아래로 떨어졌다. 강백이 적장의 머리를 창끝에 꿰어 들고 춤추며 본진으로 돌아오니 원수가 기뻐했다. 황성의 대군이 강백의 용맹을 보고는 크게 근심했다.

"조웅이 명장名將을 얻었도다."

이튿날 적진에서 또 한 장수 나와 크게 외쳐 말했다.

"역적 조웅은 바삐 나와 내 칼을 받아라. 어제는 우리 가운데 조그마한 장수 하나를 죽이고 승전을 자랑하였지만 오늘은 맹세코 너의 목을 베어 천하를 평정하고 우리 황상의 근심을 덜리라."

그러고는 진 앞을 제멋대로 왔다 갔다 했다.

"너희 진중에 장수가 얼마나 되는가? 빨리 나와 승부를 결정하자."

강백이 크게 외치며 달려들어 서로 맞아 싸우는데 참으로 맞수라. 그러하나 강백의 창에 적장의 투구가 말 아래로 떨어지니 적장이 놀라 달아났다. 다시 적진 중에서 또 한 장수가 고함치며 내달아 나왔다.

"반적 조웅아, 너는 나라를 버린 죄인이라. 여태까지 살려 두었더니 지난 대죄를 생각지 않고 이렇듯 다시 큰 죄를 지으니 네 어찌 살기를 바라리오? 바삐 나와 목을 늘이라. 네 어미를 어디에 두었으며 데려왔거든 함께 와 목숨을 바쳐라."

강백에게 달려드니 이는 적진 대원수 장덕이라.

"역적 장덕은 어찌 낯을 들고 입을 열어 이런 말을 감히 하느냐? 하늘이 두렵지 아니한가? 너 같은 역적을 잠시나마 어찌 살려 두리오?"

강백이 크게 분노하여 이같이 외치고는 싸우는데, 삼십여 번을 겨루어도 승부를 가리지 못했다. 원수가 바라보니 강백이 매우 위급한지라. 원수가 분함을 참지 못하고 내달아 강백을 물리치고 긴 창을 높이 들고 달려들어 장덕을 치니, 장덕이 당하지 못할 줄 알고 말머리를 돌려 본진으로 달아났다. 원수가 장덕을 따라 적진에 달려들어, 서로 가는 듯하면서 남을 치고 북으로 가는 듯하면서 남쪽의 장수를 베며 들어가니, 적의 장수와 군졸들이 눈을 뜨지 못하고 서로 밟혀 죽는 자 헤아릴 수 없었다.

장덕이 몹시 겁내어 말을 급히 몰아 달아나니 원수 쫓아가며 크게 꾸짖었다.

"지략智略 없는 역적의 장수는 달아나지 마라."

원수가 벼락같이 호통 치며 쫓아가니 장덕도 힘을 다해 달아났다. 그때 갑자기 산 뒤에서 난데없는 흰 호랑이가 달려들어 길을 막고 물려고 하거늘 장덕이 크게 놀라 하늘을 우러러 탄식했다.

"앞에는 흰 호랑이가 막아섰고 추격하는 병사는 급한데, 그 가운데 들었으니 어찌 살기를 바라리오? 형세 위급하니 어디로 향하리오? 이를 어찌하리오?"

그즈음에 천둥치듯 소리 나거늘 돌아보니 조원수가 긴 창을 휘두르며 나는 듯이 달려왔다. 장덕이 어찌할 수 없어 말에서 내려 원수 앞에 나아가 땅에 엎드려 애걸했다.

"소장이 황제의 명으로 원수와 싸우게 되었사오나, 전쟁에서의 분함은 잠시뿐이라 하옵니다. 엎드려 바라옵건대 원수께서는 너그러우신 마음으로 죄를 용서하옵소서. 소장을 진중에 두시면 원수의 뒤를 좇아 공을 함께 이루어 빛난 이름을 후대에 전할까 하옵니다."

장덕이 애걸하니 오히려 원수가 더욱 크게 분노하여 꾸짖었다.

"네 모습을 보니 불쌍하나 역적 이두병의 헤아릴 수 없는 죄를 생각하매 너를 어찌 살려 두겠는가?"

말을 마치자 칼이 빛나며 장덕의 머리가 떨어졌다. 장덕의 머리를 칼끝에 꿰어 들고 본진으로 돌아오니 모두 원수의 용맹을 치하했다.

황제가 장덕을 보내고 소식을 기다리더니 문득 정탐이 보고했다.

"조웅이 서쪽 지방 칠십 주를 쳐서 함락시키고 관산에 이르러 진을 치고 서로 싸웠는데 하루 만에 장덕을 베고 물밀듯 쳐들어오나이다."

황제가 매우 놀라 신하들을 돌아보며 말했다.

"이 일을 어찌하리오?"

말이 끝나기도 전에 사마장군 주천이 앞으로 나오며 아뢰었다.

"장덕이 본래 우직하온지라, 제 어찌 조웅을 당하오리까? 소장이 비록 재주는 없사오나 장수의 도장과 칼을 주시면 역적 조웅을 잡아 폐하에게 올리겠사옵니다."

"적진에 나아가 부디 조심하여 공을 이루고 무사히 돌아오라."

크게 기뻐하며 말씀하시니, 주천이 명을 받들고 물러나왔다. 황제가 또 좌승상 최식을 돌아보며 명령했다.

"경이 짐을 위하여 주천을 도와 적진에 나아가 조웅을 사로잡아 돌아오면 나라를 반으로 나눠 경에게 주리라."

"황상의 명령을 어찌 피하오리까? 싸움의 승패는 전쟁에서 흔히 있는 일이라. 패하여 돌아온들 어찌 황상의 명령을 거역하오리까? 이제 군사를 주시면 주천을 데리고 나아가 역적 조웅을 사로잡아 천하를 평정할 것이옵니다. 엎드려 바라건대 폐하는 너무 마음 쓰지 마소서.”

최식이 이같이 아뢰니 황제가 매우 기뻐하며 최식을 대원수로 임명하시고 주천으로 선봉을 삼아 장수 천여 명과 군사 팔십만, 대원수의 무기와 깃발, 도장을 내려 주셨다. 최식이 황제의 은덕에 감격하여 물러나와 군대를 움직이니 위엄이 엄숙할 뿐만 아니라 그 용병하는 법은 귀신도 헤아리지 못할 정도라. 황제가 몸소 나와 최식을 전송할 때 군대의 깃발과 창검은 해와 달을 희롱하고 북소리, 나팔 소리, 고함 소리가 천지에 진동하니 그 위엄이 서릿발 같았다.

원수가 말을 몰아 들어가니, 가는 곳마다 무인지경無人之境인 듯 대항하는 적이 없었다. 오산의 동쪽 관문에 이르니 대원수 최식이 팔십만 대병을 거느렸는데, 산과 들을 덮어 진을 치고 있었다. 원수가 적진의 형세를 살펴보더니 선봉장 강백을 불러 명령했다.

“수풀을 뒤로 하고 진을 쳐라.”

그러고는 적의 형세를 보는데 문득 적진에서 한 장수가 나오며 크게 외쳤다.

“역적 조웅은 빨리 나와 내 창을 받아라.”

원수가 크게 분노하여 선봉장 강백에게 적장을 치라 명령하니, 강백이 창을 휘두르며 말을 내달으면서 적장을 크게 꾸짖었다.

“역적 이두병의 장졸은 들으라. 네가 하늘의 뜻을 모르고 감히 우리와 맞서니 우선 너를 베어 분함을 씻으리라.”

호통을 치며 말을 달려 서로 싸우는데, 모래와 자갈이 안개처럼 일어나 양 장수를 분별치 못하겠는지라. 수십여 번을 겨루어도 승부를 가리지 못한 채 날이 저물자 원수가 징을 쳐 강백을 본진으로 불러들였다. 강백은 본진으로 돌아와서도 분을 이기지 못하여 날이 새기만을 고대했다.

이럴 적에 적진에서 크게 외쳤다.

"가련타! 조웅이 저렇듯 무지한 장수를 믿고 대국을 침범하니 어찌 가소롭지 아니하리오?"

대원수 최식이 간사한 꾀를 내어 장졸에게 말했다.

"조웅이 수풀을 뒤로 하고 진을 쳤으니 제 어찌 병법을 안다 하리오? 너희는 화약과 염초를 준비하여, 자정 무렵에 적진으로 가, 고요한 때를 틈타 불을 지르라. 적진을 결단 내서 없애고 조웅을 사로잡아 천하를 평정하리라."

그러자 장졸이 다 즐거워했다.

이 날 초경初更에 원수가 선봉장 강백을 불러 분부했다.

"적진이 우리가 수풀을 등지고 진 친 것을 보고 반드시 불로 공격할 것이니, 우리가 어찌 저들의 꾀에 넘어가리오? 이제 진을 급히 옮기되 시끄러운 소리를 일제히 금하라."

강백이 명을 받들고 진을 옮겼다. 원수는 군사 수십 명을 보내어 수풀을 등지고 친 진에서 머무르는 척하고 밤이 깊도록 솔불을 흔들며 신호하다가 본진으로 돌아오게 했다.

이 날 밤 적진의 장졸이 수풀에 와 숨었다가 자정 무렵을 기다려 일시에 불을 놓으니 불길이 하늘에 닿을 듯 일어나며 수풀을 다 불태웠다.

"이제는 적진 장졸이 혼백도 남아 있지 못하리라."

최식의 장졸이 모두 즐거워했다.

이때 원수는 몸을 숨기고 있다가 홀로 내달리며 외쳤다.

"죽은 조웅이 살아왔노라."

원수는 적진 장졸을 수없이 죽이고 본진으로 돌아왔다.

이 날 밤 삼경에, 적진에서 수풀을 바라보니 불길이 하늘로 치솟거늘 장수와 군졸들이 다 즐거워 소리쳤다.

"이제는 조웅이 죽었도다."

본진 장졸이 돌아오기를 기다리는데, 살아온 몇몇 군사가 울며 고했다.

"무섭고 두렵더이다. 분명 죽은 조웅이 다시 살아와 장졸을 짓치고 간데 없으니 어찌 두렵지 아니하오리까?"

최식과 주천이 듣고 몹시 놀라 낯빛이 변하며 말했다.

"조웅은 분명 명장이로다. 죽은 혼백도 장졸을 짓치니 만일 살려 두면 큰 변을 당하리로다. 황제께서 우리를 보내시고 날마다 소식을 기다리는지라. 승전한 소식을 보내는데 어찌 시간을 지체하리오?"

즉시 승전의 공문을 보내고 승전고를 울리며 날이 새기를 기다렸다. 새벽이 되자 닭 울음소리가 들리며 동쪽 하늘이 차차 밝아 왔다. 군사를 이끌고 선봉을 재촉하여 가려는데 별안간 북소리, 나팔 소리, 고함 소리 일어나며 천지가 진동했다. 황군 장졸이 모두 놀라 함성 소리가 나는 곳을 살펴보니 수풀 동쪽에서 한 장수 내달으며 크게 꾸짖었다.

"황군은 가지 말고 내 칼을 받아라. 오늘 너희를 씨 없이 멸하리라."

칼춤을 추며 달려드니 황군 장졸이 크게 놀라 나가지도 물러서지도 못한 채 진문을 굳게 닫고 나오지 아니했다.

주천이 최식에게 말했다.

"조웅을 잡았다 하고 문서를 올렸는데 이제 조웅이 살았으니 그대로 두면 임금을 속인 죄를 면하지 못할지라. 문서를 다시 올리소서."

최식이 다시 문서를 올렸다.

"무지한 반적은 빨리 나와 항복하라."

원수가 적진 앞에 나와 마음대로 다니면서 고함치며 재주를 자랑하니, 황군 장졸이 놀라 어찌할 줄을 몰랐다.

"이제 조웅의 용맹을 당할 장수가 없으니 항복하여 살기를 바라는 것이 좋을 듯하도다."

최식이 주천에게 이같이 말하니 주천이 매우 성내어 칼을 빼어 들고 최식을 겨누며 꾸짖었다.

"원수는 나라의 중신重臣이라. 저렇듯 추하고 더러운 생각을 갖고 어찌 국록을 먹는 신하가 되었나이까?"

"내 한 몸을 위하고자 함이 아니로다. 낸들 어찌 근심치 아니하리오? 우리가 만일 패한다면 국가의 흥망을 알지 못할지라. 그대는 어찌 이를 생각하지 못하느냐?"

최식의 말에 주천이 더욱 성내어 크게 꾸짖었다.

"저를 어찌 원수라 칭하리오?"

주천이 창을 들고 나오며 외치면서 달려들었다.

"역적 조웅은 빨리 나와 내 칼을 받아라. 어제는 하늘이 도와 요행으로 살았으나 네 목숨은 오늘뿐이로다."

원수도 격분하여 달려 나와 맞서 싸우나, 이십여 번을 겨뤄도 승부를 가리지 못했다. 주천이 원수를 당하지 못할 줄을 알고 말머리를 돌려 달아나니, 원수가 칼을 들어 주천을 쳤다. 칼빛이 번쩍하더니 주천의 머리가 말 아래로 떨어지거늘, 창끝에 꿰어 들고 황진을 왔다 갔다 하며 큰소리로 외쳤다.

"적진에는 장수가 몇이나 더 있느냐? 한꺼번에 모두 나와 목을 늘이어 내 칼을 받으라."

이 소리에 황진 장졸이 몹시 놀라 어떻게 할 줄을 모르고 도망했다. 최식은 형세가 궁하고 힘이 다하자, 항복 문서를 써서 통곡하며 진문 밖으로 나와 원수의 휘하에 꿇어 엎드리고는 애걸했다.

"윗사람의 뜻을 함부로 거슬렀사오니 죽어도 애석함이 없사옵니다. 하지만 원수는 너그러운 마음으로 목숨을 구해 주기를 바라나이다."

원수가 최식의 간사함에 절통하여 크게 꾸짖었다.

"네게 받은 항복 문서를 무엇하리오? 너는 만고의 간신이며, 이두병은 역적의 우두머리라. 내 어찌 너희를 씨라도 남겨 두리오?"

말을 마치자 칼을 들어 최식의 머리를 베어 적진으로 던지니 황진 장졸이 몹시 놀라며,

"이를 장차 어찌하리오?"

걱정하며 도망하는지라.

이때에 황제는 대군을 보내고 소식을 날마다 기다리는데 갑자기 승전 문서가 올라왔다.

승상 겸 대원수 최식은 삼가 백 번 절하고 머리를 조아려 말씀을 폐하 전에 올리나이다. 신이 모월 모일에 오산의 동쪽 관문에 이르러 적을 만나 진을 마주하였사옵니다. 이러이러하여 조웅을 죽이고 승전한 사정을 올리오니 엎드려 바라건대 황상께서는 아무런 염려 마시옵소서.

황상이 다 보고 기뻐 조정에 가득한 신하들을 돌아보며 말했다.

"최원수 한 번 출전하더니 역적 조웅을 잡아 짐의 근심을 덜었구나. 어찌 기쁘지 아니하리오?"

그 날로 태평연 잔치를 열고 즐기는데, 또 한 주문奏文이 올라왔다.

승상 겸 대원수 최식은 삼가 백 번의 절을 폐하게 올립니다. 신이 임금을 속인 죄를 지었사오니 죽어도 아깝지 아니하옵니다. 전에 조웅을 잡았다 하옵고 승전 문서를 올렸거니와, 이튿날 군대를 돌리려 할 때 뜻밖에 한 장수가 있기에 자세히 보니 조웅이었사옵니다. 조웅이 진을 옮겨 화를 면하고 다시 나타난 것을 땅에 엎드려 감히 아뢰옵나이다.

황제가 놀라 어찌할 줄을 몰르는데, 또 한 보고가 올라왔다.

조웅이 대원수 최식과 부장 주천을 베고 팔십만 대병을 몰아 굴밀듯이 들어오니 그 기세가 대단한지라. 황상은 바삐 명장을 보내어 위급함을 막으소서.

황제 다 보고 나서 다시 크게 놀라 신하들을 돌아보며 탄식했다.

그때 대궐 문 밖에서 요란한 소리 나거늘, 황상이 크게 놀라 그 까닭을 물으니 수문장이 급히 아뢰었다.

"출신을 알 수 없는 장수 세 사람이 와서 뵙기를 청하옵니다."

황상이 데려오라 하여 보시고 물었다.

"그대들은 어디에 살며, 무슨 생각으로 왔는가?"

"신들은 동해 땅에 사옵니다. 신의 숙부가 태산부 자사로 있다가 역적 조웅의 손에 죽었사오니 숙부와 조카 사이에 어찌 분하지 아니하오리까? 국가가 위태로우니 백성 된 도리에 어찌 마음이 편안하오리까? 신들은 삼형제로 일대, 이대, 삼대라 하옵니다. 비록 재주는 없사오나 조웅은 두렵지 아니하옵니다. 엎드려 바라건대 황상께서 한 무리의 병사를 빌려 주시면 역적 조웅을 잡아 폐하 앞에 바치겠나이다."

황제가 이 말을 듣더니 크게 기뻐하며 즉시 군사 오십만을 가려 뽑아 내어 주었다. 일대를 대원수로, 이대를 부원수로, 삼대를 선봉장으로 삼아 대원수의 무기와 깃발과 칼을 주시며 명령하셨다.

"그대들은 힘을 다하여 국가를 평정하라. 만일 국가를 평정하고 조웅을 잡아 바치면 장차 나라의 반을 나누어 주리라."

황제가 몸소 잔을 잡고 전송하니, 삼형제가 황공하여 땅에 엎드려 은혜에 감사하고 물러나왔다. 삼형제가 군대를 호령하여 나아가니, 군사들의 기세가 충만하고 위엄이 엄숙했다.

여러 날 행군하여 곡강에 도착하여 유사천 백사장에 진을 치고 군사를 쉬게 했더니, 수문장이 와 급히 고했다.

"어떠한 선비가 자칭 도사라 하면서 군중에 들어오려 하거늘 잡아 두었사옵니다."

원수 이 말을 듣고 크게 놀라 진문으로 달려 나가더니, 도사를 모시고 들어가 땅에 엎드려 사죄했다.

"소자 등이 어찌 스승과 제자 사이의 도리를 안다 하오리까? 선생께 하직도 아니하옵고 마음대로 세상에 나왔으니 그 죄는 죽는다 한들 아깝지 않사옵니다."

도사가 길게 탄식하며 말했다.

"그대들은 망령되게 하늘의 뜻을 어겼도다. 하늘이 그대 삼형제를 세상에 낸 것은 반드시 큰일을 맡기고자 함이라. 나 또한 그대들에게 하늘의 때를 지시하고자 했거늘, 그대들은 내 말을 듣지 아니하고 마음대로 세상에 나아갔도다. 아직 때가 아니니 저 군사들을 돌려보내고 지금이라도 산중으로 돌아가자."

"너무 마음에 두지 마옵소서. 저희 삼형제의 재주로 어찌 조웅 하나 잡기를 염려하오리까? 능력이 있으면서 이렇듯 어지러운 시절을 그저 보낼 수는 없사옵니다. 세월이 물같이 흘러 때를 놓치게 되옵니다. 선생께서는 우리 일을 걱정 마시고 동행하여 저희에게 지략을 가르쳐 주소서."

삼형제가 고집을 꺾지 않고 행군하여 가니, 도사가 결단코 삼형제를 붙들고 말렸다.

"나는 그대들을 위하는 사람이라. 어찌 내 말을 듣지 않느냐? 이번 싸움은 이롭지 아니하니 부질없이 가지 말고 돌아가자."

수없이 말리나 삼형제가 끝까지 듣지 않고 행군했다. 도사가 함께 가며 밤낮으로 달래었다.

"천시天時를 거역하지 말고 그저 돌아가자."

그러나 삼형제는 끝까지 말을 듣지 않았다.

여러 날 만에 서창에 이르니 원수는 벌써 동창에 진을 쳤다. 이에 일대는 서창에, 이대는 화음에, 삼대는 강진에 각각 진을 쳤다. 도사가 원수의 진 친 형세를 보고 크게 놀랐다.

"그대들은 조웅이 진 친 것을 보라. 조웅의 진 친 형세가 이러하니 분명 신통한 도사가 가르친 것이라. 또 진 앞에 안개가 자욱하니 반드시 명마와 보검을 가진 듯싶도다. 끝내 내 말을 듣지 아니하니 가련하도다. 헛되이 싸우지 말고 돌아가 때를 기다려 다시 세상에 나가거라."

"조웅의 거동과 지략을 한번 시험해 보겠사옵니다."

일대가 듣지 아니하고 중군을 불러 명령했다.

"이제 장수 하나를 보내 싸우기를 청하라."

총독장 설인태가 지시에 따라 말을 몰아가 진 앞을 가로지르며 소리쳤다.

"역적 조웅아, 빨리 나와 목을 늘이어 내 창을 받아라."

"너는 울지 못하는 닭이요, 짖지 못하는 개라."

원수가 대답하고는 창을 들고 말에 올라 설인태를 향해 내달리며,

"역적은 죽기를 재촉 말고 말에서 내려 항복하라."

고함치며 싸우니, 겨룬 지 채 얼마 되지 않아 원수의 창이 번쩍하며 인태의 말을 찔렀다. 인태가 놀라 말머리를 돌려 달아나거늘 원수가 쫓지 아니하고 본진으로 돌아오니 장수와 군졸 모두 칭찬이 자자했다.

일대가 조웅이 싸우는 것을 보고 크게 웃으며 말했다.

"저러한 것을 누군가 자랑하더니, 오늘 싸우는 것을 보건대 어린아이 같은지라. 어찌 보잘것없지 아니하리오?"

"그대는 어찌 조웅을 쉽게 여기는가? 잠깐 조웅을 보니 앞은 용이 일어나는 기상이요 뒤에는 자미성*의 기운이 어리었도다. 손에는 보검이요 말은 명마니, 어찌 평범한 장수라 하리오? 헛되이 싸우지 말고 돌아가자."

도사의 말에 일대가 화가 나서 대답하지 아니하니, 도사 매우 노하여 말했다.

"그대는 나를 다시 보지 못하리라."

이대의 진에 들어가니 이대가 나와 맞이했다.

"그대의 형 일대는 고집이 과하여 내 말을 듣지 아니하니 할 수 없지만 그대는 군사들을 풀어 주고 돌아갈 마음이 없느냐?"

도사가 이같이 말하자 이대도 성내며 들은 체 아니하거늘, 도사가 또다시 크게 노하여 말했다.

"그대 또한 나를 다시 보지 못하리라."

도사가 삼대의 진에 들어가 삼대를 보고 말했다.

"그대의 형제가 다 내 말을 듣지 아니하니 할 수 없으나 그대들은 하늘이 정한 때를 알지 못하는지라. 내 말을 들으면 좋은 시절이 있을 것이니 군사

들을 돌려보내고 산중으로 돌아감이 어떠한가?"

"선생은 어찌 그리 근심하나이까? 이때를 놓치고 치지 아니하면 오히려 호랑이를 길러 근심을 얻는 것이라. 선생은 걱정하지 마시그 이곳에 계시면서 승부를 구경하소서."

삼대도 성내며 말하니, 도사가 분을 이기지 못하고 삼대더러 말했다.

"너희 삼형제는 다시 나를 보지 못할지라. 참으로 아깝도다. 이는 다 하늘의 운수라."

도사가 진정으로 애석해하다가 삼대와 이별하고 떠났다.

도사가 탄식하며 원수의 진에 나아가 문 지키는 군사에게 일렀다.

"지나가는 사람인데 조원수를 보려 하노라."

군사가 원수께 이 뜻을 고하니 원수가 듣고 괴이히 여겨 도사를 청하여 자리에 앉히고 예를 표한 뒤에 물었다.

"선생을 뵈오니 족히 이치를 아실지라. 청하건대 싸움에서 이길 방책을 가르쳐 주소서."

"원수는 신통하도다. 남의 행색을 어찌 그리 잘 알아보는가? 내 잠깐 천기*를 누설하겠노라."

도사가 이같이 말하더니 소매에서 편지 한 통을 꺼내 주며,

"이대로 행하라. 나는 세상에 머물 사람이 아니라."

하고는 갔다.

원수가 머물기를 수없이 청하였으나 어쩔 수 없었다. 붙잡은 소매를 뿌리

---

* 자미성(紫微星) | 큰곰자리 부근에 있는 별 이름. 북두칠성의 동북쪽에 있는 열다섯 개의 별 중 하나로, 중국 천자(天子)의 운명과 관련된다고 한다.
* 천기(天機) | 알려서는 안 될 하늘의 비밀.

치고 계단에 내려 두어 걸음 걸으니 문득 간데없었다. 원수는 하는 수 없이 공중을 향해 수없이 사례한 뒤 편지를 떼어 보았다.

　　일대의 진 안으로는 들어가지 마라. 이대에게는 흰말의 피를 묻힌 칼을 사용하
　고 귀신 쫓는 주문을 외워라. 또 삼대의 왼편에는 가까이하지 마라.

원수가 글을 보고 의심하면서도 몹시 즐거워했다.

이튿날 원수가 갑옷을 갖춰 입고 말에 올라 적진 앞을 마음대로 다니며 크게 소리쳤다.
"역적은 바삐 나와 내 창을 받아라."
벽력 같은 소리에도 일대가 진문陣門을 굳게 닫고 나오지 아니했다. 원수가 적진 앞을 홀로 다니며 재주를 자랑하되 끝내 나오지 아니하거늘, 본진에 돌아와 강백에게 일러 말했다.
"적장이 진문을 닫고 나오지 아니하니 괴이하도다. 무슨 계교를 부리는가 싶으니 각별히 조심하라."

이튿날 원수가 또 적진 앞으로 나와 마음대로 다니며 싸움을 걸었으나, 적장이 끝내 진문을 굳게 닫고 나오지 아니했다. 열흘 만에 일대가 진문을 크게 열고 대장 깃발을 진 앞에 높이 세우고 크게 외쳤다.
"역적 조웅아, 너는 아직 어린아이라. 하늘이 정하신 때를 알지 못하고 이러한 태평성대를 시끄럽게 하니 너의 죄가 매우 크다. 오늘 너를 잡아 큰 근심을 덜리라."
원수가 일대를 보니 구 척이나 되는 큰 키에 쇳조각으로 만든 갑옷을 입었

는데 수염은 두 자가 넘고 눈은 샛별 같았다. 원수가 강백을 불러 당부했다.

"그대가 나아가 맞서 싸우라. 적장이 분명 패한 척하고 거짓으로 달아날 것이니 부디 따르지 마라."

강백이 명령을 듣고 내달아 맞서 싸우는데 삼십여 번을 겨뤄도 승부를 가리지 못하더니, 갑자기 일대가 패한 척하며 달아났다. 강백이 크게 소리치며 창을 들고 쫓아 적진 앞에 다다르니 일대가 좌우편 군사를 인도하여 진문으로 들어갔다. 강백이 오랫동안 마음대로 다니면서 꾸짖고 욕하다가 본진에 돌아와 원수께 의심스럽게 고했다.

"소장이 일대를 쫓아 적진 앞에 이르니 적장이 군사를 인도하여 진문으로 들어갔사옵니다. 참으로 이상한 일이옵니다."

이튿날 원수가 긴 창을 높이 들고 크게 소리 지르며 싸움에 나섰다.

"역적 일대야, 무슨 용맹으로 나를 당해 내겠느냐? 바삐 나와 나의 날랜 창을 받아라. 내 하늘의 명을 받아 역적 이두병을 베고 송나라 황실을 회복하려 하나니, 너는 도대체 어떤 놈이기에 목숨을 아끼지 아니하느냐?"

일대가 이 말을 듣고는 나와 맞서 싸우는데, 이는 두 마리의 호랑이가 서로 싸우는 모양이라. 모래와 자갈이 일어나고 칼과 창이 양 진을 덮었는지라. 십여 번을 겨루어도 승부를 가리지 못하더니, 일대가 또 패한 척하면서 달아났다.

"역적은 달아나지 말고 내 창을 받아라."

원수가 크게 꾸짖으며 쫓으니, 일대가 거짓으로 진중으로 도망가 숨는 체하다가 또 내달아 맞서 싸웠다. 두 장수의 칼과 창은 햇빛을 가렸고 말굽은 어지러워 양진 장졸이 눈을 뜨지 못했다.

십여 번을 겨루더니 일대가 다시 본진으로 도망갔다. 원수가 끝내 따르지 않자 일대가 본진으로 돌아와 크게 의심하며 장수들에게 말했다.

"내가 패한 척하며 여러 번 도망하였으나 조원수가 끝내 따르지 아니하니 참으로 괴이하도다."

행여 이를 누설할까 각별히 타일러서 경계했다.

이즈음에 원수는 본진으로 돌아와 여러 장수를 불러 말했다.

"적장 일대는 범상한 장수가 아니다. 그리 쉽사리 잡지는 못할 것이다. 내일은 강백이 나아가 적장과 싸우되 날이 저물거든 그대가 먼저 짐짓 패한 척하며 적진으로 들어가라. 그러면 군사가 분명 저의 장수인가 하여 무슨 일을 할 것이니 내일은 적의 숨은 계교를 명백히 알게 될 것이로다."

그러고는 은밀히 의논했다.

이튿날 일대가 진 앞을 마음대로 다니며 무수히 싸우고자 하나 원수는 진문을 굳게 닫고 나가지 아니했다. 해 저물 때가 되자 원수가 강백에게 싸우라 명령하니 강백이 창을 잡고 말을 타고 내달으며 크게 꾸짖었다.

"무식한 적장은 들어라. 오늘은 네 목을 베어 세상의 걱정거리를 덜어 내리라."

달려들어 삼십 번을 겨루어도 승부를 가리지 못하더니 날이 저물거늘 강백이 패한 척하면서 적진으로 달려들었다. 달려드는 강백을 보고 적진 군사가 저의 장수인가 여겨 내달아 말을 이끌고 왼쪽으로 인도하여 장대로 모셔 갔다.

일대가 매우 놀라 강백을 쫓아 본진으로 달려드니 일대의 군사가 적장인 줄 알고 일시에 내달아 말을 쳤다. 일대의 말이 놀라 함정에 떨어지니 장수와 군졸들이 즐거워하며 일시에 칼로 내리쳤다.

"군사들아 너희의 장수를 알지 못하는가?"

일대가 어찌할 수 없어 하늘을 우러러 탄식하니, 장졸들이 크게 놀라 불을 밝히고 자세히 보니 과연 일대라. 일대의 장졸들이 황공하고 어찌할 수 없어 일시에 흩어지니 원수와 강백이 급히 가 보았다. 일대가 함정에 빠져 창검에 무수히 찔린 채 혼이 빠진 듯하니, 원수가 매우 기뻐하며 말했다.

"역적 일대야, 하늘이 정한 때를 거역하고 망령되이 스승의 뜻을 어겼더니, 네 꾀에 네가 죽었도다. 네 용맹이 있거든 살아 나오너라."

일대가 이 말을 듣고 분을 이기지 못하고 그로 인하여 죽었다.

원수와 강백이 본진으로 돌아와 밤을 지내고 이튿날 적진에 나아가 보니, 놀랍게도 진문 뒤로 수백 개의 구덩이를 파고 창검을 수없이 묻어 놓았다. 놀란 마음을 진정하고 무기와 식량을 거두어 가진 뒤에 흰말을 잡아 피를 내어 칼에 바르고 이대의 진으로 나아갔다. 이대의 진에 도달하니 이대는 제 형이 죽었단 말을 듣고 몹시 놀라 통곡하고 이를 갈며 칼을 들고 진 앞에 나서며 크게 외쳤다.

"이 조그마한 역적 아이놈아! 너를 잡아 죽은 형의 원수를 갚으리라."

이대가 소리치며 나는 듯이 달려들거늘, 원수가 백마혈인검白馬血印劍으로 이대의 앞을 향해 내려치니 이대의 칼이 공중에서 날아오다가 원수의 칼을 범하지 못했다. 이대가 분을 참지 못하고 칼을 공중에 던지니 마치 칼이 공중에 날아다니는 듯했다. 힘으로 싸운다면 날개 달린 호랑이라도 이를 당해 내지는 못하겠는지라. 이대의 칼이 공중에서 떠오다가 끝내 원수의 칼을 범하지 못하니, 이대가 본진에 돌아와 여러 장수에게 말했다.

"조웅의 칼이 수상하도다. 내 칼이 여러 번 날아가되 조웅의 칼을 범하지 못하니 참으로 괴이하도다."

하고 크게 근심했다.

이튿날 이대가 진문을 열고 원수를 맞아 칼을 공중에 던지며 달려들었다. 원수가 정신을 가다듬고 칼을 높이 들고 말을 몰아 달려들며 이대를 크게 꾸짖었다.

"역적 이대야, 네 형 일대도 내 칼에 죽었거늘 네 어찌 나를 당하겠느냐? 부질없이 남은 목숨을 재촉 말고 말에서 내려 항복하라."

호통을 치며 싸우는데, 이대의 용맹이 원수보다 열 배나 더했다. 칼이 공중에서 날아드니 또한 매우 두려운지라. 팔십여 번을 겨루어도 승부를 결단치 못하는데, 원수의 기력이 점점 떨어져 형세가 몹시 위태로웠다. 원수가 말머리를 돌리어 본진으로 향하려는데 이대가 칼을 돌려 가는 길을 막고 크게 꾸짖었다.

"조웅아 네 어디로 가느냐? 오늘 네 머리를 베어 죽은 형의 혼백을 위로하리라."

칼을 들어 치려 하거늘, 원수가 온 기력을 다해 백마혈인검으로 이대의 칼을 치며 귀신을 쫓는 주문을 큰소리로 외우니, 이대가 매우 놀라 칼을 말 아래로 던져 버렸다. 원수가 그제야 다한 기운을 새로이 가다듬어 다시 칼을 들고 이대의 목을 치니, 머리가 말 아래로 떨어지며 천지가 아득해지고 구름과 안개가 빛을 가리어 한치 앞도 분별하지 못하겠는지라. 원수가 계속해서 큰소리로 주문을 외우니 비바람이 그치는데, 문득 바라보니 팔 척 신장*이 울며 공중으로 날아갔다. 원수가 놀라 생각하되, '이대는 반드시 신장과 접하였도다.'고 하더라.

이대의 장수와 군졸들이 이대의 죽음을 보고 일시에 마음이 흔들려 도망했다. 원수가 이대의 머리를 창끝에 꿰어 들고 본진으로 돌아오니 여러 장수와 군졸이 치하했다.

승전고를 울리면서 삼대의 진에 도달해 진을 치고 이대의 머리를 삼대의 진에 던지며 말했다.

"역적 삼대야 들어라. 서창에서 네 큰형 일대를 베고 화음에서 네 작은형 이대의 머리를 베고 왔도다. 네 부질없이 힘을 허비하지 말고 바삐 나와 목을 늘이어 내 칼을 받아라."

원수가 삼대의 진 앞에서 소리치니 적진의 장졸이 뉘 아니 겁내리오?

삼대가 분기충천하여 왼손에 긴 창을 들고 내달아 크게 꾸짖었다.

"오늘 너를 잡아 죽은 형들의 원수를 갚으리라."

큰소리로 호통을 치며 달려들거늘, 원수가 창을 잡고 춤추는 듯 삼대의 오른쪽으로 달려들며 맞서 싸우니, 삼대는 항상 왼손으로 칼을 날리며 왼쪽으로 달려들었다. 원수가 이를 피하면서 계속 오른쪽을 공격하니, 팔십여 번을 겨뤘으나 승부를 결정치 못하고 각각 본진으로 돌아갔다.

"조웅이 분명 뭔가 아는가 싶으니 괴이하도다."

삼대가 크게 의심하며 행여 천기를 누설할까 두려워했다.

원수가 본진으로 돌아와 강백에게 분부했다.

"삼대는 참으로 범상한 장수가 아니라. 쉽사리 잡지 못할 것이니 내일은 네가 먼저 나아가 싸우라. 그러면 내가 형세를 보고 함께 싸우리라. 삼대의 왼쪽을 범하지 말고 부디 적을 가벼이 대하지 마라."

이튿날 삼대가 창을 들고 말을 내달아 크게 외쳤다.

"오늘 맹세코 네 머리를 베어 분함을 씻으리라."

진 앞에서 소리치며 마음대로 다니니, 강백이 또 창을 들고 나서며 크게 외쳤다.

---

* 신장(神將) | 귀신 중 무력을 맡은 장수신. 사방의 잡귀나 악신을 몰아낸다.

"무식한 삼대는 들어라. 네 두 형의 혼백이 우리 진중에 갇히어 나가지 못하고 밤낮으로 울며 애통해하고 있도다. '소장의 동생 삼대의 머리를 마저 바칠 것이니 불쌍한 혼백을 놓아 주옵소서.'라는 애처로운 소리가 온 진을 시끄럽게 하거늘 네 아무리 살고자 한들 어찌 살리오?"

강백이 달려들어 바로 삼대의 오른쪽을 쳐들어가니 삼대가 아무리 왼손으로 칼을 잘 쓴들 오른쪽으로만 달려드니 기운이 점점 줄어들었다. 십여 차례를 겨루어도 승부를 결정하지는 못했으나 강백의 형세가 좋지 않았다.

원수가 두 장수가 싸우는 것을 보니 강백이 위급한지라. 칼을 들고 내달아 삼대의 오른쪽을 쳐들어가니 삼대가 아무리 재주가 용한들 어찌 창을 한 손으로 쓰리오? 이십여 차례 겨루어도 승부를 가리지 못하더니 갑자기 강백의 창이 번쩍하며 삼대가 탄 말을 찔러 말이 꺼꾸러지니 삼대도 땅에 떨어지는지라.

원수가 치려 하니 삼대가 공중으로 솟아오르며 달려드는데, 원수가 강백과 더불어 급히 치니 삼대가 견디지 못하여 달아났다. 원수가 말을 달려 급히 쫓으며 칼을 들어 삼대의 창 잡은 손을 치니 삼대가 놀라 창을 버리고 공중으로 솟아올랐다. 원수도 솟아올라 삼대의 목을 치니 한바탕 광풍이 일어나며 삼대의 머리 아래로 떨어졌다. 문득 진 앞에 푸른 안개 일어나며 두 줄 무지개가 공중에 뻗치거늘 원수가 이상해서 살펴보니 왼팔 밑에 날개가 있었다.

삼대가 죽자 적진이 몹시 놀라고 두려워 모두 흩어져 도망했다. 원수와 강백이 본진에 돌아와 승전고를 울리니 여러 장수와 군졸이 치하하며 모두 즐거워했다.

송나라를 회복하다

이즈음에 원수가 삼대 등을 베고 의기양양하여 군사를 배불리 먹이고 편히 쉬게 한 후 바로 황성으로 짓쳐들어가니 가는 곳마다 주검이 무수했다.

이때 동쪽 관문을 지키는 장수가 급히 아뢰었다.

"조웅이 일대, 이대, 삼대를 모두 베고 쳐들어오니 엎드려 바라건대 황상께서는 급한 변을 막으소서."

황제와 신하들이 매우 두려워했다.

"경들은 좋은 계책으로 나의 근심을 덜라."

황제가 신하들을 돌아보며 말씀하시니 여러 신하가 함께 아뢰었다.

"일대 삼형제는 하늘이 낸 장수라. 지혜와 용맹이 범상치 아니하온데 조웅의 손에 죽었사오니 이제는 무사도 없고 책략을 지닌 장수도 없사오니 항복하는 것이 좋을 듯하옵니다."

그때 서쪽 관문을 지키는 장수가 격서*를 올리거늘 황제가 신하들과 함께 뜯어보았다.

중국 대사마 대원수 겸 의병장 조웅은 격서를 이두병에게 부치노라. 하늘이 나에게 명하여 너를 죽여 만민을 안정시키고 송실을 회복하라 하였도다. 마지못하여 의병 팔십만을 거느리고 역적에게 격서를 전하나니 빨리 나와 대적하라. 만일 두렵거든 항복하여 남은 목숨을 보전하라.

다 보고 난 뒤 황제와 신하들이 매우 놀라 서로를 돌아보며 어찌할 줄 모르는데, 태자 이관 등 오형제가 앞으로 나서며 아뢰었다.

"폐하는 근심치 마시고 이제 장수의 지략을 갖춘 자를 뽑아 선봉에 서게 하신 뒤 폐하께서 스스로 군대를 이끌고 나가서서 그들을 격퇴하여 위급함을 면하소서. 조정의 신하들은 나라를 어지럽게 하는 자들과 반역하는 불충한 자들뿐이옵니다. 자기 가족을 지킬 생각만 하옵고 나라를 위한 충성이 없사오니 어찌 애통하지 아니하오리까? 국가를 평정한 뒤에 반역의 죄로 다스려 분함을 풀게 하옵소서."

이 말에 신하들이 아무런 말을 못하고 머리를 숙였다. 황제가 어찌할 수 없어 군사와 장수를 가려 뽑아 몸소 출전하려 하나 감히 응하는 자가 없었다.

이 날 밤에 승상 황덕이 조정의 여러 신하와 의논했다.

"이제 곧 나라가 망할 것이니, 아무리 해도 살길이 없는지라. 그대들은 어찌하려 하느뇨?"

"우리 생각은 도망하면 좋을까 하는데, 승상은 무슨 계교가 있나이까?"

신하들이 이같이 대답하자 황덕이 칼을 빼놓고 말했다.

"그대들은 모두 내 말을 따르겠는가?"

"죽고 사는 일인데 무슨 일인들 못하오리까?"

대답을 듣고 황덕이 오랫동안 깊이 생각하다가 말했다.

"이제 도망한다 해도 이 많은 사람이 모두 어떻게 도망하며, 도망한들 어찌 살기를 바라겠소? 나의 어리석은 생각으로는 처자식을 구하고 좋은 벼슬도 할 묘책이 있으니 그렇게 함이 어떠한고?"

"승상의 말씀이 당연하오니 어찌 따르지 아니하오리까?"

---

* 격서(檄書) | 급히 여러 사람에게 알리려고 보내는 글.

모두 몹시 반기며 말했다.

"우리 중에 용맹이 있는 장수 육십 명을 가려 뽑아 가만히 궐내에 들어가 황제와 그의 자식 오형제를 다 결박한 뒤 조웅에게 바치면 우리는 제일의 공신功臣이 될 것이니, 이 꾀가 어떠하오?"

"그렇게 함이 실로 가장 좋은 계책이로소이다."

황덕의 제의를 모두 반겼다.

그 날 밤에 용맹스런 장수 육십여 명을 궐내에 숨겨 놓았다가 밤이 깊은 뒤에 달려들어 황제와 오형제를 다 결박하니 이미 동쪽 하늘이 밝아 왔다. 이 날 조정 신하들이 이두병과 이관 오형제를 수레에 싣고 조원수를 찾아갔다.

이때에 황성의 백성은 원수가 온다는 말을 듣고 즐거워하며 마중 나오니, 그 수를 가히 헤아리지 못할 정도였다. 이두병을 잡아 온다는 말을 듣고 황성의 백성이 남녀노소 할 것 없이 다 즐거워하며 말했다.

"극악한 이두병이 제 세력만 믿고 스스로 천자라 하면서 권세가 끝이 없기를 바라더니, 잠시도 보존치 못하고 어이 그리 단명短命하는고? 하늘이 밝게 보시어 네 죄를 알았구나. 무지한 백성도 네 고기를 원하는도다. 착하고 빛나도다! 해 같고 달 같은 조원수를 보니 도탄* 중에 든 백성이 가뭄에 단비를 만났도다. 사방으로 흩어진 충신들도 소식을 알았던가? 남녀노소 백성아, 구경을 가자스라!"

백성이 다투어 구경했다.

원수가 팔십만 대병을 몰아 황성으로 짓쳐들어오니 황성 백성이 남녀노소 할 것 없이 길을 막고 나와 원수께 치하했다.

"장하고 장하도다. 어디를 가셨다가 이제야 오시는가? 하늘이 돕고 귀신

---

* 도탄(塗炭) | 진구렁에 빠지고 숯불에 탄다는 뜻으로, 몹시 곤궁하여 고통스러운 지경을 이르는 말.

이 도와 대송大宋을 회복했도다."

"살아서 너희를 다시 보니 반갑기 그지없도다."

원수가 백성을 위로하며 행군을 재촉하여 수일 만에 황자강에 이르니 강산 풍경이 예전과 같았다. 문득 옛일을 생각하니 서글픈 마음을 금하지 못하겠는지라.

사공을 재촉하여 강을 건너니 황성관 어귀에 조정 신하들이 이두병과 이관 등을 수레 위에 높이 싣고 원수의 군대를 기다리고 있었다. 원수가 오는 것을 보고는 나아와 땅에 엎드려 애걸했다.

"소인 등이 임금을 속이고 반역을 꾀했으니 죽어 마땅하오나 그때는 도망칠 수도 두병의 형세를 당해 낼 수도 없어 그리한 것이옵니다. 소신도 송태자를 생각하면 가슴이 막혀 한 순간인들 편안치 않았사옵니다. 하늘이 도와 원수가 이리 오신다 하기에 지난 죄를 돌아보지 않고 이두병 부자를 결박하여 바치옵니다. 엎드려 바라건대 원수께서는 불쌍히 여기시어 널리 용서해 주소서. 소인들의 목숨을 보전하여 주시기를 바라나이다."

원수가 이두병을 보니 분한 마음이 하늘을 찌르는지라. 군대를 머무르게 하고 군사를 호령하여 "두병을 잡아들여라." 명하니, 군사들이 일시에 달려들어 이두병을 진중에 꿇어앉혔다.

"두병아! 네 얼굴을 들어 나를 보라. 네 죄를 생각하면 죽여도 아깝지 않도다. 태자를 귀양 보내고 사약을 내리니 그 죄가 어떠하며, 나를 잡으려고 장졸을 보내어 세상을 시끄럽게 하니 그 어인 일이뇨? 사실대로 똑바로 아뢰어라."

원수의 호령에 좌우의 무사들이 달려들어 창검으로 두병을 찌르며 '바삐 아뢰라.' 다그쳤다. 잠시 후 두병이 겨우 진정하여 말했다.

"조정의 신하들은 그 사람됨이 비할 수 없이 음험하고 흉악한 놈들이라.

자신들의 죄를 면하고자 우리 부자를 잡아 이 지경이 되었으니 이제 무슨 말을 하리오? 원수의 처분대로 하라."

이 말에 원수가 더욱 크게 성내어 무사들에게 심문하라 호령하니, 무사들이 일시에 달려들어 창검으로 찔렀다. 두병이 고통을 견디지 못하여 말했다.

"이미 일이 발각되었으니 무슨 말을 못하겠는가? 송실 신하들은 만고의 소인이로다. 애초에 반역을 모의한 것과, 태자를 변방 땅에 멀리 귀양 보내고 사약을 내린 것도 모두 저들의 생각이라. 저들이 죄를 면하려고 간교한 계책을 내어 내가 이 지경이 되었으나 다 저들의 죄요 실로 나는 송실을 해하고자 함이 아니었노라. 이제 나에게만 죄를 묻고 저들은 죄를 면하고자 함이로다."

원수가 듣고 분기충천하여 큰소리로 꾸짖었다.

"이 간악한 놈아, 너를 잠시인들 어찌 살려 두겠느냐. 하지만 살려 두는 것은 태자를 모셔 온 뒤에 죽이려 함이라."

또 이관 등 오형제를 잡아들여 죄를 묻고 이두병과 그 아들 오형제를 다 수레 위에 올려 앉히고 춤추며 행군하여 황성으로 들어갔다.

황성에 들어가 백성을 편안케 한 후 충신들에게 도성을 지키게 하고 날을 잡아 떠나 바로 위국에 이르니, 태자와 위왕이 못내 칭찬했다. 나와서 모친을 뵈오니 왕부인도 사랑하신다. 원수가 부인 장씨를 돌아보며 말했다.

"그대는 두 어머님을 모시고 안녕하셨소이까?"

말하는 얼굴에 기쁜 빛이 가득했다.

금련이 나와 절하며 여쭈었다.

"장군은 먼 길에 평안히 행차하셨나이까?"

"나는 무사히 왔거니와 너의 어머니도 평안하시냐?"

반가이 대답하며, 못내 사랑하셨다.

이 날 원수가 태자 앞에 나아가 문안한 뒤에 여쭈었다.

"도성이 오래 비었사오니 급히 가셔야겠사옵니다."

태자가 웃으며 말했다.

"이제 떠나려 하니 황후 모실 차비를 차리라."

위왕께 하직하니 위왕이 못내 아쉬워했다.

"소왕이 대왕을 모시고 갔다가 돌아오고 싶으나 위국은 가달국의 접경이라 한순간도 비우지 못하겠기에 모시지 못하오니 그 죄는 죽어도 아깝지 않사옵니다."

위왕이 아뢰니, 황제께서 헤어짐을 못내 슬퍼하셨다.

이 날 원수가 태자와 황후, 모친과 장모, 부인 장씨와 금련 모녀를 함께 모시고 대국으로 향하니, 위왕이 백 리 밖까지 나와 이별하며 매우 슬퍼했다.

위왕을 이별하고 황성으로 향할 때의 그 장엄한 거동은 이루 다 말하지 못할 정도라. 황성에 다다르니 노소 충신과 백성이 남녀노소 없이 도성 백리 밖까지 나와 못내 즐거워하며 격양가*를 불렀다.

이 날 태자께서는 환국還國하여 황제에 즉위하신 후 이두병과 이관 등 오형제를 잡아들여 몸소 심문하셨다. 이두병 등의 목을 베어 매단 뒤에, 이 까닭을 여러 나라에 알리고, 이두병의 가솔家率들을 각국에 보내 종으로 삼았다.

이 날 황제께서 황극전에 나가 자리에 앉으시고 태평연 큰 잔치를 열어 출전했던 여러 장수를 위로한 후 공에 따라 차례로 벼슬을 내리셨다. 조원

---

* 격양가(擊壤歌) | 중국 요임금 시절 백성들이 땅을 두드리며 불렀다는 노래. 격양가를 부른다는 것은 태평성대임을 뜻한다.

수는 번왕으로, 그 부인 장씨는 정숙왕비로 봉하셨다. 또한 원수의 외숙부 왕태수는 우승상을, 강백의 아비는 좌승상을, 강백은 대사마 겸 대원수 태학사를 삼으셨다. 남은 장수들은 차례로 공에 따라 등용하는데, 부족하다고 생각하는 사람이 하나도 없었다. 무사들에게도 명하여 전 조정의 신하들을 잡아들여 계단 아래에 꿇리고 꾸짖으시길,

"너희는 간사한 당파의 무리라. 너희 임금을 내게 잡아들이니 두병보다 더한 역적이라. 어찌 살려 두리오?"

하시고 즉시 능지처참*하셨다.

황제께서 조웅을 번국으로 보내시면서 원수의 손을 잡고 구슬 같은 눈물을 흘리시며 말씀하셨다.

"짐이 경의 충성을 헤아릴진대 다만 번국으로 보낼 바 아니라. 천하는 짐의 천하가 아니니 경에게 맡기고 짐은 물러앉고 싶으나, 경의 충성과 절의를 아나니 받지 아니하고 도리어 미안해할까 하는지라."

번왕 조웅이 계단 아래로 내려가 땅에 엎드려 사례하며 말했다.

"대왕의 귀한 몸이 만 리 밖에서 그렇듯 괴로이 지내셨으니, 신하와 백성이 망극해하는 마음은 온 천하가 마찬가지라. 대왕의 넓으신 은덕으로 오늘날 다시 돌아왔사오니, 소왕을 사랑하신 은덕은 금세에 머리를 베어 후세에 풀을 삼아도 갚을 길이 없사옵니다. 신하된 자로 이렇듯 하는 것이 법도에 떳떳한 바이온데, 오늘 소왕에게 이렇듯 하문下問하시오니 도리어 후세에 역적의 이름을 면치 못할까 하옵나이다."

황제가 놀라시며 왕을 붙들어 앉히고 다시 말씀하셨다.

---

* 능지처참(陵遲處斬) | 대역죄를 범한 죄인을 죽인 뒤 시신의 머리, 몸, 팔, 다리를 토막 쳐서 각지에 돌려 보이는 형벌.

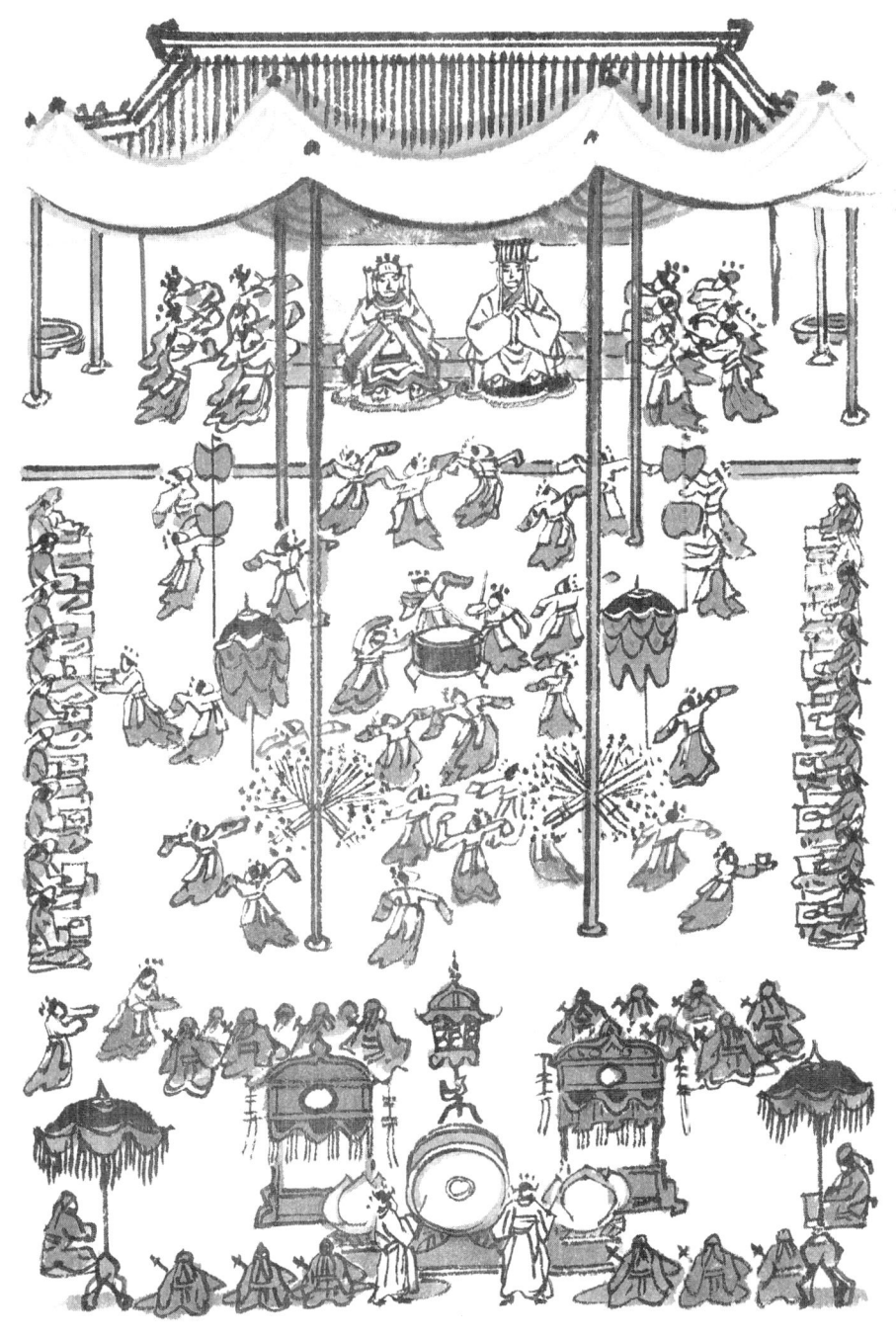

"짐이 경을 만 리 밖에 보내고 잠시인들 어찌 잊으리오? 1년에 한 차례씩 와서 조회하라."

번왕은 정중히 절하며 하직하고 식구들을 거느리고 번국으로 갔다.

송 황제가 즉위한 후로 해마다 풍년이 드니 길에 물건이 떨어져 있어도 줍지 않고 산에 도적이 없었다. 백성이 격양가를 부르니 요 임금과 순 임금이 다스리던 태평성대라. 천하가 태평함에 변방이 고요하고 반역하는 일 없어 송 황제의 성덕이 여러 나라에 가득했다.

"우리 황제 만세 동안 무궁하옵소서."

"우리도 학문을 닦아 나라에 충성으로 보답할 것이라. 요순 같은 우리 황제 천천만만세千千萬萬世나 무궁하옵소서."

모든 백성이 성덕을 칭송했다.

혈혈단신 조원수는 해와 달같이 빛난 충성으로 그 이름을 기린각* 맨 꼭대기에 걸어 놓았다. 황제의 은덕을 감사하며 하직하고 번국으로 가, 민정을 잘 살피어 왕의 교화를 백성에게 펼치니, 만백성이 태평가를 부르고 왕의 성덕을 다 칭송하며 '천세만세 누리소서.' 축원했다.

송 황제의 성덕聖德과 조원수의 충성은 옛날부터 지금까지 없었던 일이라. 붓을 놀려 기록하기 어려우니, 읽는 사람이 스스로 황제의 성덕과 조원수의 충렬忠烈을 헤아리소서.

---

* 기린각(麒麟閣) | 중국 한나라의 무제가 공신 11명의 초상을 그려 걸어 둔 전각.

작품 해설 | 김현양

신세대 영웅 조웅의 도전과 투쟁

조선 후기 최고(?)의 인기 소설

우리나라 고전소설 가운데 독자들에게 가장 인기 있는 작품은 무엇일까? 요즘 사람들에게 기억나는 고전소설 작품을 말해 보라고 하면 『홍길동전』, 『춘향전』 등을 우선 얘기한다. 『홍길동전』이나 『춘향전』과 같은 작품은 학교에서 교과서를 통해 접하기 이전부터 동화나 만화로 알게 될 뿐만 아니라, 어른이 된 후에도 TV 드라마나 영화로 만나게 된다. 그러므로 『홍길동전』, 『춘향전』이 가장 먼저 떠오르는 것은 당연하다. 하지만 고전소설이 가장 활발하게 창작되고 읽혔던 조선시대 사람들도 그랬을까? 조선시대 사람들에게도 『홍길동전』과 『춘향전』은 매우 인기 있었다. 하지만 『홍길동전』과 『춘향전』 못지않게, 아니 그 이상으로 인기를 누린 작품이 있었으니, 그것이 바로 『조웅전』이다.

우리나라 사람들에게 소설이 널리 읽히게 된 것은 조선 후기 18~19세기에 와서이다. 이 시기에는 나무판에 글자를 새겨 종이에 찍어 만든 소설책이 시장을 통해 판매되는데, 이를 방각본 소설이라 한다. 방각본으로 간행되었다는 것은 당시의 독자들에게 인기 있는 작품이라는 증거인데, 『조웅전』은 방각본으로 여러 차례 간행되었다. 지금까지 전해 오는 고전소설 중 방각본으로 출간된 소설책이 가장 많이 남아 있는 작품이 『조웅전』인 것이다. 지금 남아 있는 방각본의 수만으로 당시의 인기 순위를 매긴다는 것은 부정확하고 어쩌면 부질없는 일이지만, 『조웅전』이 당시 독자들에게 크게 주목받던 작품임은 이를 통해 충분히 짐작할 수 있다.

한글로 쓰여진 대다수의 고전소설이 그렇듯이『조웅전』도 작자가 누구인지, 언제 창작되었는지 정확히 알 수 없다. 하지만 몇 가지 사실을 근거로 해 18세기 중반에서 19세기 초 어름에 지어진 작품이 아닐까 추정하고 있다. 조선 후기에는『조웅전』과 성격이 비슷한 작품이 대단히 많이 창작되는데, 1794년에 일본인 야마다山田土雲가 쓴『상서기문象胥記聞』에 이러한 작품들이 언급된다.『조웅전』을 직접 언급하고 있지는 않지만『조웅전』과 비슷한 성격의 작품이 거명된다는 사실은『조웅전』과 같은 작품이 창작될 수 있는 가능성을 암시한다. 또 현재까지 남아 있는 방각본 소설책들이 간행된 시기를 따져 보아도 대체로 18세기 후반에서 더 올라가지 않는다. 이로 볼 때『조웅전』의 창작 시기는 대체로 18세기 후반의 앞 뒤, 즉 18세기 중반에서 19세기 초가 아닐까 추정하고 있다.

보수적인 성격의 군담소설 혹은 영웅소설

당시의 독자들이『조웅전』을 그토록 애독한 이유는 무엇일까? 앞서 창작 시기를 언급하면서, 조선 후기에『조웅전』과 비슷한 성격의 작품이 많이 창작되었다고 했는데, 이러한 작품을 '군담소설' 혹은 '영웅소설'이라 한다.『조웅전』을 비롯하여 군담소설의 유형에 속하는 많은 작품을 당시의 독자들은 어떤 다른 유형의 작품보다도 즐겨 읽었다.

군담소설은 군사적인 대결을 이야기의 중심적인 내용으로 서사화한 소설이라 말할 수 있다. 하지만 이렇게 말하는 것으로는 불충분하다. 조선 후기에 독자들에게 널리 인기를 얻던 군담소설은 군사적인 대결을 중심적인 내용으로 서사화하되, 군사적인 대결을 벌이는 두 주체는 반드시 중국과 중국 변방의 오랑캐 나라이다. 군담소설의 배경이 중국인 것도 중국과 주변 나라 사이의 국가적인 갈등을 중심적으로 서사화하기 위함이다. 『조웅전』에서는 이러한 군사적인 대결이 황제의 나라인 송나라에 충성을 다하는 제후국인 위나라와 위나라를 침공한 서번과의 싸움으로 그려진다. 조웅의 스승인 천관도사는 어느 날 제자인 조웅을 데리고 밤하늘의 별을 바라보다가 서번의 침공을 알리며 조웅에게 세상으로 나갈 것을 명한다. 조웅은 말을 몰아 전장으로 달려가 서번왕에게 항복하는 위왕을 구하고 서번의 군대를 물리친다.

군담소설에서 군사적인 대결은 중국과 오랑캐 사이에서만 벌어지지 않는다. 황제에 반역하여 황제의 자리를 차지하려는 역신逆臣과 황제를 지키려는 충신 사이에 벌어지는 군사적인 대결도 군담소설의 중심적인 내용을 이룬다. 황제가 죽자 태자를 귀양 보내고 황제의 자리를 차지한 이두병과 이두병에 맞서 영웅적 대결을 벌이는 조웅은 『조웅전』에서 중심적으로 서사화하고자 하는 군사적인 대결의 또 다른 두 주체이다.

군담소설의 군사적인 대결은 중국과 오랑캐의 갈등, 충신과 역신의 갈등을 해결하는 군담소설 특유의 서사 방법이다. 황제의 바른 통치에 의해 이

록된 태평한 세계 질서를 어지럽히는 오랑캐와 역신은 '악의 축'이며, 이러한 악의 축을 제거하고 태평한 세계 질서를 회복하는 유일한 방식은 군사적인 대결뿐이라는 생각을 군담소설은 담아내고 있다. 그러므로 온갖 고난을 극복하고 군사적인 대결을 승리로 이끌면서 태평한 세계 질서를 홀로 이룩하는 조웅과 같은 인물은 '영웅'이다. 군담소설을 영웅소설이라 하는 것은 군사적 대결을 통해 태평한 세계 질서를 이룩하는 주인공의 '영웅적 활약'을 그려내기 때문이다.

『조웅전』을 대표로 한 군담소설은 철저하게 선과 악의 이분법적 대결 의식을 드러내고 있다. 중국은 선이며 중국의 지배 질서에 도전하는 오랑캐는 악이고, 황제는 선이며 황제의 지배 질서에 도전하는 역신은 악으로 규정된다. 조웅과 같은 영웅적 주인공은 중국과 황제를 중심으로 하는 '절대 선'을 지켜 나가는 투사에 해당된다. 그렇다면 정말로 중국과 황제는 '절대 선'인가? 중국과 황제에 도전하는 오랑캐와 역신은 '절대 악'인가? 21세기를 살아가는 우리는 '중국'과 '황제'가 절대 선이 아님을 알고 있다. 우리는 중국과 황제를 절대 선으로 추앙하면서 수직적으로 차별화했던 중세 사회의 가치와 질서가 붕괴된 세상에 살고 있으며, 역사는 그런 방향으로 나아갔다. 군담소설은 오히려 역사의 뒤안길로 사라져야 할 그 가치와 질서를 조웅과 같은 인물을 내세워 옹호하고 있으니, 역사의 진행 방향을 거스르는 참으로 보수적인 성격의 작품이라 할 수 있다.

그렇다면 조선 후기의 독자들은 이렇듯 보수적인 성격의 작품을 왜 그토록 애독했는가? 그것은 독자들이 조선 후기의 비극적인 역사적 경험에 사로잡혀 있었으며, 그 역사적 경험을 이용하는 지배층의 잘못된 논리를 똑바로 파악하지 못했기 때문이다. 그렇다면 조선 후기의 독자들이 사로잡혀 있었던 역사적 경험이란 무엇을 말하는가?

우리는 여기서 16세기 말에서 17세기 초에 걸쳐 한반도에서 일어났던 두 번의 비극적인 전쟁 – 임진왜란과 병자호란을 떠올려야 한다. 이 두 번의 전쟁은 모두 당시 야만적인 오랑캐 국가로 취급받던 일본과 만주족이 세계의 중심인 중국에 대항하는 과정에서 일으킨 전쟁이었다. 일본은 중국을 점령하지 못하고 결국 조선과 명나라의 연합군에게 패했지만, 만주족은 중원을 장악하고 청나라를 세웠다. 한반도에서 조선을 상대로 벌인 두 전쟁은 중국을 대신하는 대리전이요, 중국을 제압하기에 앞서 치러진 전초전으로, 조선은 동아시아 전쟁의 직접적인 당사국이 아님에도 불구하고 말로 표현할 수 없을 정도의 엄청난 고통과 피해를 경험했다. 이 고통과 피해의 경험이 백 년이 훨씬 넘는 후대에까지 심각하게 기억되어, 오랑캐의 침입을 물리치고 중국 중심의 세계 질서를 회복하는 군담소설을 애독하는 요인으로 작용했다.

백 년이 훨씬 지나서까지 고통의 경험이 간직될 수 있었던 것은 지배층이 고통의 경험을 기억케 하여 이를 이용하고자 했기 때문이었다. 두 번의 전쟁 이후 중국의 명나라는 나라가 망했으며, 일본의 도요토미 정권은 붕괴되었다. 그렇지만 조선은 전쟁의 최대 피해국이면서도 정치적으로 아무런 변화도 일어나지 않았다. 오히려 전쟁으로 인해 백성에게 고통을 안겨 준 왕조 권력의 중심 세력들은 오랑캐가 세운 청나라를 우리가 물리쳐야 한다는 북벌北伐의 논리를 앞세워 자신들의 권력을 강화했다. 이러한 북벌의 논리는 군담소설이 널리 애독되던 18~19세기까지 일반 백성을 강하게 사로잡았으며, 백성은 이로부터 자유롭지 못했다. 보수적인 성격의 군담소설이 그토록 애독된 데는 이러한 까닭이 있었다.

주된 서사적 관심은 '역신'의 문제

두 개의 '악의 축' 가운데 『조웅전』에서 더욱 도드라지게 드러내고 있는 것은 황제에 의해 구축된 세계 질서를 붕괴시키는 '역신'의 문제이다. 『조웅전』은 작품의 서두에서부터 군담소설의 상투적인 출생담을 생략한 채 급박하게 역신의 문제를 제기하며 위기를 조성한다. 과거 회상체로 조웅의 아버지인 충신 조정인의 자살 사건을 서술하더니, 궁궐에 침입하여 궁녀를 물고 달아난 흰 호랑이白虎의 출현을 불길한 어조로 알린다. 그러더니 황제가 갑자기 죽고 이두병이 황제의 자리를 차지하게 된다. 태자는 귀양 가고, 백성은 이두병이 황제가 되었다는 소식에 이리저리 피난길에 오른다. 급작스럽게 닥친 권력의 교체와 이로 인한 동요가 시작부터 실감나게 그려지는 것이다.

충신 조정인의 자살은 너무나 급작스러운 것이어서 얼핏 이해가 되지 않을 정도이다. 난리를 평정한 공으로 황제의 두터운 신임을 받던 충신 조정인이 무엇 때문에 자살하게 됐는가? 작품에서는 단지 "간신인 우승상 이두병이 조승상을 시기하여 황제에게 거짓 죄를 아뢰자 독약을 먹고 자살한 것"으로 서술할 뿐, 정황을 파악할 수 있는 다른 서사적 정보는 아무것도 제시하지 않는다. 하지만 따져 보면, 그 죽음의 정황을 쉽게 짐작할 수 있다.

조정인이 자살한 것은 이두병이 황제에게 거짓 죄를 아뢰었기 때문이다. 하지만 황제는 조정인을 매우 신임하고 있으므로 끝까지 이두병의 참소가 거짓임을 밝히고 이두병을 벌하는 것이 오히려 자연스럽다. 하지만 오히려 조정인이 죽음을 선택했다. 이는 황제에 의해 참과 거짓이 가려질 수 없는 상황이 조성된 것을 의미한다. 더 나아가 참과 거짓이 가려진다 해도 이두병을 벌하기 어려운 상황, 조정인이 자신에게 가해진 모함에서 벗어나기 어려운 상황이 조성된 것을 의미한다. 이는 세계의 중심인 황제의 권력이 무력화된 상황이 조성되었음을 간접적으로, 하지만 심각하게 제기하고 있는 것이다.

아비 없이 태어난 유복자 조웅은 황제의 권력이 무력화된 상황, 세계의 중심이 사라져 버린 시대의 불행을 홀로 감당해야 할 운명으로 태어났다. 그것은 조웅이 태생적으로 세계의 거짓 중심인 이두병과 대립할 수밖에 없음을 의미한다. 실제로 『조웅전』은 이두병과 조웅의 기나긴 싸움의 과정을 중심적으로 그려 내면서 역신으로 인해 붕괴된 세계 질서가 어린 소년에 의해 어떻게 복구되는가를 자세하게 보여 준다.

하늘의 명령, 그 낭만적 상상의 역설

그렇다면 조웅은 역신 이두병에 의해 붕괴된 세계의 질서를 어떻게 복구했는가? 작품을 읽은 독자라면 누구나 알 수 있듯이, 조웅이 세계의 질서를 복구할 수 있었던 것은 천명天命, 즉 하늘의 명령에 의해서였다. 조웅이 그에게 닥쳤던 수많은 위기를 극복하고 이두병에게 궁극적으로 승리할 수 있었던 것은, 그 승리가 하늘의 명령이었기 때문이다.

황제 앞에서 자신의 생각을 분명하게 밝히고, 자신이 정당하다는 뚜렷한 소신을 지니고 있는 조웅은, 어리지만 똑똑하고 의지적인 인물이라 할 수 있다. 그렇지만 이두병에게 잡히지 않으려고 도망하는 어린 조웅은 사실 힘없고 나약한 어린아이일 뿐이다. 산중에서 갈 곳 몰라 어머니를 부둥켜안고 통곡하고, 봇짐을 빼앗아 간 도적에게 아버지의 화상을 돌려 달라고 애원하는 조웅은 우리가 흔히 볼 수 있는 일상의 어린아이 그 자체이다. 살아남기 위해 어머니의 머리를 깎으며 흘리는 조웅의 눈물은 부당한 세계에 저항할 수 없는 조웅의 무능을 드러내는 상징과도 같다.

이두병에게 쫓기는 어린 조웅의 형상을 이처럼 사실적으로 나약하게 그렸기에 『조웅전』은 다른 어느 군담소설 작품보다도 위기감이 실감나게 독자에게 전달된다. 모욕감, 배고픔, 두려움 등 자신을 보호해 줄 세계의 질서가 붕괴된 상황에서 경험하게 될 위기의 심리적 감정을 독자들은 위기에 처한 조웅 모자를 통해 실감하게 되며, 이것도 『조웅전』이 인기를 얻은 한 요인이라고 할 수 있다.

　그렇지만 나약한 조웅은 '악의 축'을 제거할 수 없다. 조웅의 스승인 천관도사가 하늘의 별을 보며 예언했듯이, 하늘은 조웅에게 '악의 축'을 제거할 것을 명했으며, 그에게 영웅의 능력을 부여했다. 그렇다면 악의 축을 제거하고 지상의 질서를 복구하라는 하늘의 명령은 어떻게 구현되는가? 하늘은 어떻게 조웅에게 영웅적 능력을 부여했는가?

　조웅은 많은 사람의 도움으로 글, 병법, 무술, 도술, 말, 갑옷, 칼, 예지력 등을 갖게 되었다. 조웅 모자를 구원해 준 월경대사는 조웅에게 글과 술법을 가르쳤다. 조웅의 실질적 스승인 천관도사는 병법, 무술, 도술을 가르치며 천하 명마를 주었다. 죽은 귀신인 황달 장군은 갑옷을 주었으며, 화산도사는 천하 명검인 삼척검을 주었다. 뿐만 아니라 죽은 아버지 조정인과 송 황제는 꿈속 계시를 통해 예지력을 갖게 하였다. 이들은 불교(월경대사), 도교(천관도사, 화산도사), 귀신 숭배(황달 장군, 조정인, 송 황제)의 관념을 표상하는 인물로, 하늘의 명령을 대신하는 대리적 인물, 즉 천상적 인물이라 할 수 있다.

　천상적 인물의 도움으로 영웅은 탄생하고 지상의 질서는 복구되었다. 하지만 이를 거꾸로 반추해 본다면 천상적 인물의 도움이 없었다면 영웅은 탄생하지 않았고 지상의 질서는 복구되지 않았을 것이다. 결국 지상의 질서는 하늘의 명령으로 복구되었으며, 그 질서란 바로 '중국'과 '황제'를 중심으로 한 세계의 질서, 즉 '구체제'인 것이다.

'중국'과 '황제'를 질서의 중심에 놓는 구체제의 세계 인식, 그것은 철저한 유교적 세계 인식이다. 그런데 이러한 유교적 세계 질서를 지상에 구현하고자 하는 방법은 불교, 도교, 귀신 숭배 등 반유교적 혹은 비유교적인 낭만적 상상의 관념이란 점을 우리는 주목해야 한다. 세계를 중심과 주변으로 수직적으로 차별화하고, 수직적 차별화를 통해 평화와 행복을 실현하고자 했던 유교의 이념은 당위적으로 여전히 굳건하게 버티고 있지만, 이러한 유교적 이념을 지상에 구현하는 방법은 철저하게 반유교적 혹은 비유교적인 낭만적 관념이었던 것이다. 조웅의 영웅적 활약에 의해 지상에 구체제가 복원되었지만, 그 복원은 역설적으로 유교적 이념의 해체 혹은 종언의 징후였던 것이다.

도전하는 영웅, 조웅

누군지는 모르지만 『조웅전』을 창작했던 작가에게 그리고 『조웅전』을 그토록 열렬히 감상했던 독자들에게 구체제의 회복을 갈망하는 보수적 세계 인식으로부터 벗어날 것을 기대하는 것은 사실 지나친 요구일지 모른다. 중국과 황제를 중심으로 한 수직적 중세 질서가 무너지고 역사의 방향이 명확히 근대를 향해 나아갈 때조차 소수의 선각적 지식인을 제외한 대부분의 사람은 수직적 구체제를 대체할 수평적 신체제를 꿈꾸지 못했다. 그러므로 『조웅전』의 작가와 독자가 구체제의 틀 속에서 평화와 행복을 갈망한 것은 어쩌면 당연한 것인지 모른다.

　『조웅전』의 작가와 독자는 신체제를 꿈꾸지 못했지만, 구체제의 틀 속에서 무엇이 그들을 불안하고 불행하게 하는가를 응시하고 이에 저항했다. 그들은 중국과 황제에 도전하여 중심이 되고자 하는 오랑캐와 역신의 욕망은 더 나은 세상을 만들기 위한 정의가 아니라 권력을 자신들이 차지하고자 대다수의 사람을 고통스럽게 하는 불의라 여겼다. 그리하여 세상에 더럽혀지지 않은 어린 소년을 영웅으로 내세워 불의와의 전쟁에 선봉으로 삼았던 것이다.

　앞서 조웅이 붕괴된 세계의 질서를 복구할 수 있었던 것은 하늘의 명령이었기 때문이라 했지만, 그렇다고 해서 조웅의 주체적인 의지가 전혀 배제된 것은 아니었다. 강선암에서 월경대사의 보살핌 속에 걱정 없이 지낼 수 있었지만, 조웅은 어머니의 간곡한 만류도 뿌리치고 불의한 세상으로 나아간다. 어린 나이이고 자신의 능력이 보잘것없다는 것을 알고 있었지만 불의한 세상을 바로잡고자 물러서지 않았다. 불의를 용납하지 않으려는 강한 의지, 하늘이 부여한 능력, 이 둘을 무기로 조웅은 불의에 맞서 과감히 도전했던 것이다.

　도전하는 조웅의 면모는 그의 연애 사건에서 뚜렷이 빛을 발한다. 장소저가 자신의 짝이 될 사람임을 확신한 순간 조웅은 거침없이 장소저의 방으로 뛰어들어 자신의 처지와 감정을 고백하고 사랑을 성취한다. 이는 당시의 보수적인 윤리 의식을 일거에 뛰어넘는 파격적인 행동으로, 개인의 자연스런 사랑의 감정을 억압하던 구질서에 대한 도전이라 할 수 있다. 『조웅전』이 비록 중국과 황제를 중심으로 하는 구체제를 복원하는 보수적인 성격의 이야기 틀을 지니고 있지만, 그 안에서 작가는 온갖 시련 속에서도 자신의 신념을 굽히지 않고 도전하는 조웅의 의지를 보여 주고 싶었던 것일지도 모른다. 조웅의 승리에 독자들이 박수치며 즐거워한 것도 조웅에게서 신세대의 도전 정신을 읽어 냈기 때문일지도 모른다.

고전, 그 낯선 세계의 경험

고전문학의 작품 세계는 우리에게 매우 낯선 경험을 제공한다. 『조웅전』 역시 마찬가지다. 정치권력의 변화로 인해 야기되는 어린 소년의 불행, 소년을 돕는 천상적 인물, 불행에 도전하는 신념에 찬 소년의 투쟁. 이 모든 것이 오늘날 우리에게는 낯설기만 하다. 낯선 대상과 마주친 사람은 대체로 두 가지의 반응을 보인다. 낯선 것을 불편하게 여겨 외면하기도 하고 낯선 것에 호기심을 느껴 더욱 관심을 나타내기도 한다. 낯선 대상을 불편하게만 여기지 않는다면 고전문학의 작품 세계는 우리의 삶을 비판적으로 성찰하게 한다.

　무엇보다 『조웅전』은 역사의 방향을 생각하게 한다. 조웅이 구체제를 복구한 것은 역사의 방향과는 어긋난 것이었다. 이는 조웅이 구체제의 충신의 아들이었다는 사실과 무관하지 않다. 다음으로 『조웅전』은 낭만적으로 상상된 관념의 의미를 생각하게 한다. 현실의 문제를 현실의 논리로 해결하기 어려울 때 사람들은 관념적으로 상상하게 된다. 관념적 상상은 낭만적이지만 현실의 문제를 해결하는 하나의 통로가 된다. 문제는 현실의 문제를 제대로 통찰했느냐에 있다. 마지막으로 『조웅전』은 신세대의 도전을 생각하게 한다. 신세대는 구세대의 삶을 물려받지만 또한 변화시킨다. 무엇을 어떻게 변화시키느냐가 중요하지만 보다 중요한 것은 안주하지 않고 세상을 변화시키고자 하는 신세대의 도전 의식이다.

오늘날 우리가 볼 수 있는 고전소설 『조웅전』은 그 수가 매우 많다. 여기에 소개하는 『조웅전』은 많은 고전소설 이본 중 전주에서 나무판에 글자를 새겨 간행한 완판 104장본이다. 물론 원래의 모습 그대로는 아니다. 오늘날의 독자들이 너무 낯설어 외면하지 않도록 하려고 오늘날의 문법에 맞게 문장을 다듬고, 오늘날 잘 쓰지 않는 말들을 바꾸고 쉽게 풀이하여 고쳐 쓴 것이다. 앞으로 조선 후기의 독자들이 읽었던 『조웅전』 그대로를 다시 만난다면 또 다른 의미 있는 경험이 될 것이다.